君は僕だけの果実

きたざわ尋子

JN267408

幻冬舎ルチル文庫

CONTENTS ✦目次✦

君は僕だけの果実

✦カバーデザイン＝久保宏夏(omochi design)
✦ブックデザイン＝まるか工房

イラスト・カワイチハル✦

君は僕だけの果実

開発事業に沸き返る藍浜《あいはま》という町で、湯原水貴《ゆはらみずき》は生まれ育った。

何年か前まで、ここは東京からそこそこ近い行楽地という位置づけだった。車だと二時間弱、しかしながら公共交通機関で行くには不便ということで、大型連休や夏休み以外は賑《にぎ》わうというほどではない町だった。

近くにはかつてテーマパーク——と銘打った公園のようなものがあり、観光客はキャンプをしたり釣《つ》りやイチゴ狩りなどをしていたが、そこはいまから十五年前に破綻してしまった。その直後に、大手不動産開発業者・長倉地所が跡地に大型ショッピングセンターの建設を発表した。鉄道会社との連携で、新線を作るのにあわせた計画の一環で、別の意味で町は発展することになった。

それから十五年。行楽地としての藍浜は姿を消し、いまやすっかりベッドタウンと化してしまった。マンションや新興住宅が数え切れないほど建ち、学校や病院も新しく出来た。人口は大幅に増え、昔からの住民は一割にも満たないと言われている状態だ。

そしていよいよ今年の春先、目玉となる大型ショッピングセンターがオープンする。映画館や温泉テーマパークまで含んだ、かなり大規模なものだ。

水貴の家はその大型施設まで歩いて行ける場所にある。駅からは遠いが、暮らしていくには便利な界隈《かいわい》だ。

今日はその家に、新たな住人を迎えることになっていた。

「よう」

まるで昨日も会ったみたいな態度で現われたその人に、水貴は自然と顔を綻《ほころ》ばせる。

最後に会ったのは去年の三月だ。だがそれ以降も、頻繁にメールや電話といった手段で繋《つな》がっていたから、久しぶりという感じはしなかった。

相変わらず見上げなくてはいけないほど背が高い。おまけに骨格と言おうか、体格そのものが水貴とはまったく違う。

彼――上城拓也《かみしろたくや》は、すらりとはしているがしっかりと筋肉も付いていて、実に男らしくも美しい身体を持っている。ひょろっとしていて、さほど身長も高くない水貴とは本当に大違いだった。

おまけに顔の造りも整っている。涼しげな目元にすっと通った鼻筋、少し厚めの唇《くちびる》がまた男くさい印象で格好いい。実にモテそうだと、水貴は常々思っている。彼は近付きがたいような美形ではなく、多少ぶっきらぼうではあるが親しみの持てるタイプだからだ。

いちいち自分と比較して卑下する気はないが、とにかく違うのだから仕方ない。水貴の顔は誰もが認める母親似で、子供の頃はよく女の子に間違えられていたし、いまでもアイドルじみた顔をしていると言われる。さすがに性別を間違えられることはなくなったが、中性的と言われる容貌であることは否定出来ないのだ。

拓也は水貴にとって理想を絵に描いたような――こうありたかったと憧れてしまうような

男なのだ。

「どうした？」

「あ……なんでもない。えっと、拓也さんの荷物は運びこんでもらってあるから」

引っ越しとも言えないような荷物の移動は、すべて業者によって行われた。だから拓也はバッグ一つで来たのだった。

「サンキュ」

「どうぞ」

水貴は拓也をダイニング兼リビングに通し、席を勧めた。広めの空間にはテーブルが四つあり、窓際に沿ってL字型のベンチが作り付けてある。あれは亡くなった父親の手作りだ。それ以外にも、玄関ホールやアプローチ、庭に至るまで、あちこちに父親の仕事は残っている。

父親が水貴と母親、そしてペンション経営をしているこの家を残して亡くなったのは、いまから約五年前、水貴が中学二年のときだった。以来、母――由布子《ゆうこ》と二人で力をあわせて頑張って、この家のローンを去年ようやく返し終えた。

手放すことは考えなかった。いくら様変わりしたとしても水貴はこの藍浜が好きだったし、この家にも愛着があるからだ。だから出来る限り母親に協力した。高校に行きながら飲食店でアルバイトをし、料理が苦手な母・由布子の代わりに、客に出す食事も作った。そして卒業したいまは、地元の飲食店で働きながら家の仕事もしている。

とはいえ、もうじき水貴は一人になってしまうのだけれども。

コーナーベンチの上に並べられたクッションは由布子が趣味の手芸を生かして作ったものだ。それ以外にも、そこかしこに彼女の作品が置かれている。彼女がこの家を去ってもそれらは残るのだ。

「おばさんは元気か？」

「うん。無理しなきゃ大丈夫みたい」

「そうか」

よかった、と頷《うなず》く拓也に、水貴はコーヒーを出した。きちんとペーパーフィルターでいれたものだ。

「ようこそ〈ハイム花みずき〉へ」

「よろしくな」

「はい。拓也さんが快適に生活出来るように頑張りますので、こちらこそよろしくお願いします」

にっこり笑って頭を下げると、拓也はそれを見てくすりと笑う。微笑《ほほえ》ましいものを見るような顔をしていた。

「おまえの従業員モード、違和感しかねぇな」

「ひどい」

「そういや俺、客として泊まるの初めてだったわ」

拓也は懐かしそうに目を細め、ぐるりと室内を見まわした。カントリー調でまとめられた空間は、ここがペンションとしてスタートした二十数年前から変わっていない。年季が入った家具や調度品も、手入れが行き届いているから古くささではなく味になっているという自負が水貴にはあった。

「ここだけは変わんねぇよな」

「建物とかはね。でも、業態が変わっちゃったから」

緩く笑って、水貴は窓際の飾り棚に目をやる。ベンチの背もたれから繋がる棚には、いくつもの写真立てが並べられていて、それこそがペンション時代の一番の名残《なごり》だった。毎年のように来てくれていた常連客の家族と一緒に撮った写真だ。同じ年くらいの子供たちがいて、とても仲よくしていたのだ。

水貴が生まれる前からやっていたペンションだが、藍浜という町が行楽地から新興住宅地へと変貌を遂げたことで経営が成り立たなくなり、もう何年も前に長期滞在型の宿泊施設――ようは下宿屋のようなものに形を変えた。再開発の中心となっている長倉地所がここを借り上げ、建設計画が始まった頃からここを定宿として使ってくれていたのだ。

その契約はもうすぐ切れる。大型ショッピングセンターである〈ナスタ藍浜〉がオープンするからだ。長倉の社員も大勢藍浜に住むことになるが、彼らはそれぞれマンションやアパートを借りることを決めていて、三月までにここを出ていくという。

「部屋、埋まりそうか？」

「うーん……どうだろ。大学にも届け出したから、うまくすれば学生が入ってくれるかも。とりあえず拓也さんが一部屋埋めてくれて助かった」

そんなわけで現在、今後も住むことが決まっているのは拓也だけで、新たな住人を待っている部屋は三つだ。もともと小規模のペンションだったので、〈ハイム花みずき〉には客室は四つしかない。代わりに各部屋にユニットバスとトイレがあるプチホテルのようなものだったから、下宿屋に変えるときも内装はほぼ弄《いじ》らずにすんだのだが。

各部屋は八畳ほど。かつてはすべてツインルームだったものを、少し大きめのベッド一つにしたので、その分部屋は広く使えるようになっている。

拓也は今日からここに住むことになった。長倉地所の系列会社である、長倉地所リテールマネジメントの社員として、もうすぐオープンする〈ナスタ藍浜〉の現地スタッフになったからだ。拓也自身が希望しての異動だという。

「でも、ほんとにいいの？　マンションもアパートもたくさん出来たよ？」

「いいんだよ。俺にとっては、こっちのほうが実家って感じだしな」

拓也は窓の外を見て呟《つぶや》いた。庭の向こうにある一軒家に、かつて拓也は住んでいた。水貴が生まれる前からのお隣さんだったのだが、水貴が十歳のとき、拓也は父親の仕事の都合で引っ越してしまった。

以後、九州という遠い地へ引っ越したにもかかわらず、長い休みのたびに一人でここへやってきて、水貴の部屋に寝泊まりしつつペンションの仕事を手伝ってくれた。アルバイト代は受け取らず、三食付の宿泊で十分だと言って。

それは彼が社会人になるまで続いた。この家を実家のように感じるのは、十歳まで生まれ育った場所だというのもあるが、新しい家は高校の三年間しか住んでいないことも関係している。大学進学のために実家を出て、以来たまにしか戻っていないからだ。

水貴としても、こうして拓也がいてくれるのは当然のようになってしまった。再会という感覚がないのも仕方ないだろう。

じっと見つめる前で拓也はコーヒーを飲み、顔を綻ばせた。

「うん、やっぱ美味《うま》い」

「ありがと。お金取れそうかな?」

「なんだ、カフェでも始めるのか?」

「実はそう。カフェっていうか、ランチ出すだけなんだけど」

「マジか」

拓也は少し驚いた様子で、まじまじと水貴を見つめた。

「昼間……十一時半くらいから、一品だけで数決めて、なくなったら終わり……みたいな。売れ残っても、せいぜい二時までかな」

「っておまえ、いまの店は辞めるのか？」

「うん。もう言ってある。タイミングよかったんだ。ちょうど、店を畳《たた》もうかどうしようか迷ってたんだって」

「そうなのか……」

戸惑ったような呟きには、驚きと同時に幾ばくかの寂しさが含まれていた。もの言いたげな拓也の顔に、水貴は視線を少し落とした。

「黙っててごめん」

「いや……俺が勝手に、そういう大事なことは相談してくれるって思ってただけだしな」

「……ごめん」

一人で勝手に決めてしまったのは、実はこれが初めてではなかった。拓也にも母親にも、とてもじゃないが言えないことが一つあるのだ。

「責めてるわけじゃねぇよ。おばさんも納得してんだろ？」

「あー、それなんだけど、実はちょっといろいろ激変があって……っていうか、これからあるんだけど……」

「なにがあった」

真剣な表情で身を乗り出す拓也に、水貴は慌てて両手を振った。

「悪いことじゃないから！　むしろめでたいっていうか……その、実は母さん、再婚することになりそうで……」

「は？」

拓也の目が丸くなった。生前の父親との、仲むつまじい様子を覚えている彼には、かなり意外だったようだ。実際水貴も最初は信じがたい思いでいた。自分の母親がもう一度誰かの妻になるなんて思ってもいなかった。

だからといって、水貴は由布子の交際や再婚に反対はしなかった。彼女の人生は彼女のものだ。まだ未成年とはいえ十分自立できる水貴が、彼女を縛《しば》る理由はどこにもないと思っている。

「いまも、相手の人と会ってるんだ」

「聞いていいか。どこの誰だ。俺の知ってる人か？」

「会ったことはあるよ。母さんが入院したときの、担当医だった人」

「ああ……」

二年前の冬の終わりに、由布子は心臓が原因で倒れ、動転した水貴は遠く離れた拓也に電話をした。当時彼は大学のある京都にいたのだが、その日のうちに駆けつけ、うろたえる水貴に付き添ってくれた。あのときほど拓也の存在を心強いと感じたことはなかったし、それ以前から彼の存在に助けられていたことを自覚した。

入院は数日だったが、それ以降も経過観察のために定期的に通い、いつの間にか担当医とのあいだに愛が芽生えた、ということらしかった。

「顔は思い出せねぇけど、感じのいい人だったってことは覚えてる」

「うん、いい人だと思うよ。なんか……今度、あの病院辞めて、実家の診療所を継ぐんだって。それが富山でさ」

「じゃあ、おばさんも一緒に行くのか？」

「そう」

「ってことは、ここはおまえが一人で？　大丈夫なのか？」

「ためしに一人でやってみたけど、わりといけたよ。慣れてるしね」

大きく変わるわけではない、というのが水貴の認識だ。外で客に食事を作るか、家で作るかの違いはあるし、雇われる側と経営側の違いはあるが、労働時間や手間に差はない。むしろ朝夕の食事と食材をやりくり出来たり、仕込みを一緒に出来る分、楽な部分もあるのだ。

「母さんたちの部屋と俺の部屋は入れ替えようって話になってるんだ。母さんもたまには帰ってくるだろうし」

一階には水貴たち家族の部屋もあるが、かつての夫婦の寝室は子供部屋より広く、空き部屋にしてしまうのはもったいなかった。トレードは当然のことだろう。

「あ、そうだ。今日は俺の誕生祝いと、拓也さんの歓迎会だって。今日だけは俺は作るなって言われちゃった。食べに行こうって」

「楽しみだな。ああ……そうだ。これ、プレゼント」

拓也はバッグから取り出した小さな箱を水貴に渡した。水色のリボンでラッピングされたそれに、水貴は目を輝かせた。

「ありがと。開けていい？」

「ああ」

ワクワクしながらラッピングを解くと、プレゼントはアナログの腕時計だった。防水でやや小振りな、料理をするときでも邪魔にならないだろうデザインだ。文字盤の濃いブルーがきれいで思わず目を奪われる。

「これ……！」

「欲しかったんだろ？」

「う……うん。覚えてたんだ……」

去年の三月、拓也がはめていた腕時計を見て、水貴はしきりに褒《ほ》め、格好いいを連発した。それがこのプレゼントに繋がったのだろうから、まるでねだったようで少し恥ずかしくなったが、嬉しいことには変わりない。

早速はめてみて、拓也に見せた。

「いい感じ？」

「当たり前だ」

「大事にするね」

「しろしろ。俺だと思って、大事にな」

冗談めかしたその言葉に、水貴は声を出して笑ってしまった。

「なにそれ遺言？　っていうか、絶対拓也さんのほうが時計より頑丈だよね」

「バカ言え。俺は意外と繊細だぞ」

「へー」

くすくすと笑いながら、水貴は時計を眺める。こういったやりとりは子供の頃からで、慣れた空気が心地よかった。これからのことを——特に一年先の、ある人物との約束のことを考えると、気が重くなってしまうが、いまは拓也が近くにいてくれる安堵感《あんどかん》に身をゆだねようと思った。


ランチタイムはいつも目がまわるような忙しさだ。

カフェレストラン……という名の、軽食を出す古い喫茶店には、連日多くの常連客が押し寄せる。多くは新しい住民で、近くの商店の従業員や会社員や、そして少し離れたところにある大学の学生たちだ。もちろん古くからの住民も来る。

ショウガ焼きの豚肉をフライパンで焼きながら、別のフライパンでオムライスを作る。メニューにあまり独創性はない。この店で提供するのはベーシックなものばかりだ。

忙しいが、客席があまり多くないのでなんとか一人でまわせているのだ。店のオーナーもいるのだが、八十歳を過ぎている彼女はレジに近いカウンター内にスツールを持ち込んで座ったまま、一部のドリンクを作るのみだ。膝《ひざ》が悪く、あまり動けないからだ。代わりに常連が、自分で料理を運んだり片付けをしてくれたりしている。実にアットホームな店だと言えた。

「こんにちは」

ドアベルを鳴らして入ってきた客は、迷うことなくカウンター席に座った。地元に数年前移転してきた大学の学生で、ここの常連客のなかでは若いほうだ。いつも一人で来て、食事をして帰っていく。週に三日は来ているはずだ。

「日替わりで」

メニューは毎日、肉料理が替わるのみで、後はカレーやナポリタンといったものが数種類あるだけだ。肉料理と言っても、コストの問題で鶏肉か豚バラ肉を使うようなものしかないのだが。

常連の大学生——瀬戸成晃《せとなりあき》は、水貴よりも二つ上の大学三年生だ。優しげで整った風貌と、栗色の髪、そして品のいい立ち居振る舞いから、ほかの常連客のあいだで「王子」と呼ばれていた。そして本人にも平然とそう呼びかけている。さすがに戸惑いはあるようだが、露骨に嫌がることはなかった。

正直なところ、この店にはあまり似合わない客だ。しゃれたカフェでパスタでも食べていたほうがしっくり来るだろうに、彼は入学した頃からこの店に来ている。水貴が高校生のときは週末のみのアルバイトだったので、成晃も週末だけの来店だったが、週六日になってからは来店が三倍に増えた。

「いつもありがとうございます」

「君の作るご飯が好きなだけだよ。出来れば毎日、食べたいくらい」

とびきりの笑顔で告げられて、水貴にはキラキラとしたエフェクトの幻影が見えた。さすがは王子さまだと内心で思いつつ、やはり言葉自体は嬉しくて、手は動かしながらも顔を綻ばせた。

「ありがとうございます」

水貴としては心から礼を言ったつもりだったが、成晃は少し残念そうな顔をした。言い方がまずかったのかもしれない。ここは謙遜《けんそん》するべきだったかと、曖昧《あいまい》な笑みでごまかして調理に専念した。

成晃がランチタイムの終わりかけに来たこともあり、その後ランチの客は入ってこなかった。料理を作って出してしまうと、水貴にも少し余裕が生まれる。オーナーからドリンク作りを引き継ぎ、洗いものをしつつ、客と雑談をするのだ。

「そういやお母さん、再婚するってほんと？」

昔からの住民の一人は、そう言って身を乗り出してきた。

「あ……はい」

「やっぱそうなんだ。美人だもんなぁ……放っておかねぇよなー」

「何年も放っておかれましたよ？」

「そりゃ遠慮してたんだよ。旦那亡くしてすぐってのは、どうかなって思ってさ」

「そしたらどっかの医者が攫《さら》っていっちゃったと」

別の客が茶々を入れ、よそからも笑いが漏《も》れた。少なくともここにいる年配の客は既婚者ばかりだし、本気で由布子を口説《くど》こうなんて思ってはいないのだろう。

「水貴くんは浮いた話を聞かないよなぁ。お母さんに負けてるぞ」

「あー……いや、余裕なくて……」

「働いてばっかはよくないぞ。まだ十九だろ」

「はぁ」

苦手な話になってしまったと、水貴は苦笑する。恋愛の話題はなるべくならば避けたいものだった。疚《やま》しいところはないけれども、いわゆる「彼女いない歴イコール年齢」なので、どうにもいたたまれないのだ。

「モテるだろ？」

「そんなことないですよ。そもそも出会いがないし」

「ああ……そういやそうか」

「いまの生活じゃな。ここをペンション……って、いまは社員寮みたいなもんだしな。どっちも野郎しかいねぇわな」

「そうですね」

水貴は曖昧に笑い、手元の皿を見つめた。

恋愛の話が苦手な理由はもう一つあった。水貴がある約束に縛られている身だからだ。

甘さを含んだ低い声が、ふいに脳裏に浮かんだ。

『君が二十歳《はたち》になったら、わたしの愛人になりなさい』

あれはもう五年近く前のことになる。相手とはそのとき以来会っていないし、連絡すら取りあっていない。果たして向こうがあの約束を覚えているのかも、そもそも本気だったのかも実はわからないのだ。

それでも対価を受け取ってしまった事実が、水貴を縛り付けていた。そのときがくれば、つまり約一年先の誕生日がくればはっきりすることだと、なかば投げやりになっている部分もあった。

「水貴くん？」

「えっ……あ……すみません。ちょっとぼうっとしちゃって……」

「お、ひょっとして好きな子のことでも考えてたか？」

「いるのっ？」

上ずった声が割って入ってきて、水貴はきょとんとしてしまう。声の主は、黙ってランチを食べていたはずの成晃だった。

「いませんよ？」

「そ……そう。なら、いいんだ……」

最後のほうは口のなかでモゴモゴとしゃべっていたので、なにを言っているかは聞き取れなかった。わざわざ問い返すほどのことでもないだろうと、意識を正面に座っている常連客に戻した。

「水貴くんは行動範囲が狭すぎるんだよな」

「ここと、家の仕事と……それだけか。いい子、紹介しようか？　理想のタイプってどんなの？」

「理想は……あんまり考えたことないんですけど、うーん……」

「好きになった子のタイプとかでもいいよ」

「あー……それもう初恋まで遡《さかのぼ》ります」

「それって、ペンションのお客さんだった子だよな？　お姫さま」

「はい」

すでに過去に問われるまま話したことがあるのだ。

「なんだっけ……さっちゃんじゃなくて……」

「あーちゃん、です」

話を知らないという客に向かい、一番の事情通が水貴の代わりに語ってくれた。いまから十年以上も前の話だ。

毎年夏になると、家族五人で遊びに来る常連客がいた。ハンサムなお父さんと、美人でハーフのモデルのようなお母さんと、三人の子供たち。長男は水貴より四つ上で、二番目の女の子は二つ上、そして末っ子が水貴より一つ下の男の子だった。初恋の相手はもちろん真んなかの女の子だ。母親によく似て小さいながらに非常に美しく、肩のあたりまである金髪に近いふわふわの髪が、まるで絵本のなかのお姫さまのようだった。彼ら一家と撮った写真は、いまでも家に飾ってある。

「金髪で青い目のお姫さまだったんだよな？」

「青くはなかったですよ、確か」

正直目の色は忘れてしまった。残っている写真は目の色がわかるほどのアップではないからだ。

「なんで泊まりに来なくなっちゃったんだ?」

「海外転勤だそうです。そのあいだに藍浜も変わっちゃったし、うちもうペンションじゃなくなっちゃったし」

「ああ、そうか……」

もともと客と宿の人間、というだけの関係だったのだ。毎年泊まってくれていたのだから、向こうも〈花みずき〉を気に入ってくれていたのだろうが、それ以上の関わりを持つ気はなかったということだ。

「そうやって、どんどん変わっていくのさ。町も人もね」

少し離れたところにいたオーナーが、見ていた雑誌を閉じてこちらを向いた。そうして特に気負った様子もなく、少し嗄《しゃが》れた声で続けた。

「三月いっぱいで、ここ閉めるからね」

「は……?」

「ちょ……っ、ばーちゃんなにそれ!」

突然の宣言に、客たちがいっせいで騒ぎ出した。寝耳に水、といった様子だ。

「な、なんで?」

「あと二ヵ月もないじゃん!」

「うるさいね。あたしも年だし、そろそろかなって思ってたんだよ。春になったら例の……なんとか藍浜ってのが出来るしね」

「えー、関係ないよ！　ショッピングセンター出来たって、俺たちここに来るよ」

「そうそう。昼メシ食うのに車出す気はないって」

新たな施設は車で五分の距離とはいえ、確かに手間ではあるだろう。客によっては職場からここまで徒歩五分という人もいるが、車と歩きではやはり感覚が違うのだ。

なんとかオーナーを説得しようと客たちは言葉を尽くすが、もう決まったことだ。店舗と二階の住居は彼女の持ちものだが、すでに売却の方向で話は進んでいる。そして彼女も地元のマンションに移り住むのだ。

そこまで言うと、客たちはおとなしくなった。未練たっぷりに溜《た》め息《いき》をつき、移転を勧めたりはしているが。

「……そうしたら水貴くんは、別のところへ行くの？」

成晃の問いかけに、皆がはっと息を飲んだ。いつの間にか彼は食事を終え、じっと水貴を見つめていた。

「そうだ、水貴くんどうすんの？」

「再就職先、決まってんの？」

「あ、実は〈花みずき〉の長倉との契約がもうすぐ切れるので、そうしたら下宿屋みたいな感じにしようと思ってるんです。で、昼間だけ、外からお客さんに来てもらってランチ出そうかなって」

「マジで？　やった、行く行く！」

「よかった。ランチ難民にならなくてすむ」

常連客が口々に歓喜の声を上げるなか、成晃はカッと目を瞠《みは》った。そしてカウンター越しに身を乗り出す勢いで言った。

「部屋は空いてるっ？」

「え？　あ……はい。まだ一人しか決まってないですけど……」

「入居するから！」

「はい？」

ランチセットのコーヒーを出した手を、ぎゅうっと握られる。成晃はきれいな顔に真剣な表情を浮かべ、まっすぐで強い視線をぶつけてきた。

それは水貴がたじろぐほどの熱を帯びていた。

「契約は今日でも……いや、いますぐここでしよう……！」

「ちょ……ちょっと待って、瀬戸さん。一回見にきてからじゃないと」

「大丈夫」

「えー……」

「契約がだめなら、予約させて。今日はちょっと無理だけど、明日には行けるから。えーと、何時頃がいいのかな」

勢いの激しさに、つい軽く仰《の》け反《ぞ》ってしまう。ようするに引いているのだが、この店内で成晃だけがそれに気づいていなかった。だからといって誰も茶々を入れようとはしない。成晃の挙動は普段から少し変わっているので、ここではひそかに「残念王子」とも呼ばれている。今日もその一幕だと思われているのだ。

「じゃ……じゃあ、明日の五時で」

「わかった。絶対行くから」

もう一度きつく手を握られ、ぎこちなく頷く。ずいぶんと今日はテンションが高いな、と思いながら、水貴は仕事に戻った。


家に戻ると、由布子は玄関アプローチの掃除をしているところだった。

滑りにくいレンガが敷かれたアプローチの両側は庭になっていて、白い花をつける木がシンボルとなっている。さまざまな花も植えられ、いまはノースポールやカランコエ、プリムラといった花が冬の庭を彩《いろど》っていた。

手の込んだ庭ではないが、一年を通してなんらかの花が咲くようには作られている。春が来れば、庭にある数本の木も花を付けるだろう。

庭の脇には、六台ほどが余裕をもって停められる駐車場があった。かつて拓也の家があったほうとは逆側で、〈花みずき〉は角地であるために出入りも楽に出来る。いまは拓也が仕事に行っているので一台しか停まっていなかった。湯原家所有の水色のコンパクトカーは、遠からず水貴専用になる予定だ。

「おかえりなさい」

由布子は昔からおっとりした人で、水貴は怒られたことは一度もなかった。もちろん叱《しか》られたことは多々あるが、けっして感情的に声を荒らげたりはしない人だった。

顔は皆が言うほどそっくりではないと思っているが、知らない人が見ても親子だと思われそうなほどには似ているだろう。

「ただいま」

顔を見るなり、由布子は小首を傾げた。

「なにかいいことあった？」

「うん。あのね、入居者ゲットしたかも」

「あら、大学から連絡があったの？」

「じゃなくて店の常連さん。瑛大の三年の人なんだけど」

いきさつを簡単に説明すると、由布子は頷きつつ言った。

「そうすると、後一年くらいしかいてもらえないわねぇ……でも、ありがたいわ。その学生さんは、いまは寮なのかしら？」

「違うと思う。前に一人暮らしだって言ってた気がする。あ、それに大学院に行くから、一年ってことはないと思うよ」

以前話を聞いたとき、料理は苦手だとも言っていたはずだ。だから自由度の高い一人暮らしを捨ててまで、こちらに来たいのだろう。何度も水貴の作るものが好きだと言っていたのは本心だろうし。

納得しながら家に入り、続いて母親も戻ってきた。

「明日、入籍することにしたの」

前置きもなにもなかった。そして彼女の口調にも、かまえたところは少しも感じられなかった。まるで買いものにでも行ってくる、という程度の口調だった。

そして水貴も小さく頷くだけだった。

「そっか」

「ごめんね」

「なに言ってんだよ。よかったじゃん、いい人だしさ」

「ええ。でもケンカしたら帰ってくるから、お部屋ちゃんと残しておいてね」

冗談めかして由布子は笑う。すでに実家もなくなった彼女にとって、ここは帰ってくる場所のようだ。

「狭くなるけどね」

「当然よ。それより本当に一人で大丈夫？　拓也くんを当てにしちゃだめなのよ？　家賃もらってるんだから」

「わかってる。でも部屋の掃除と洗濯はそれぞれ自分でやるんだし、俺の負担は少なくなると思うよ。料理はもともとお母さん作ってなかったしさ」

「苦手なのよ」

父親が生きていた頃、食事は彼の仕事で、母親はそれ以外の家事担当だった。小学校の高学年の頃から水貴は父親の手ほどきを受けて、家族の食事は水貴が作っていたのだ。由布子は料理に苦手意識があり、ほかにやってくれる人がいるならばしたくない、と言っているのだ。

「これからどうすんの」

「どうしよう……」

「下手《へた》なわけじゃないんだから、やろうよ。向こうだって期待してると思うよ？」

「……やるわ」

「教えようか」

再婚相手と新居へたつまでは、まだ一ヵ月以上ある。息子が母親に料理を教えるなんて普通と逆だろうとは思うが、提案された彼女は期待に満ちた顔をした。

「お願い！」

こうして残り少ない母と子の時間は、ほぼキッチンで過ごすことになったのだった。

ようやく春の気配が近付いてきた三月頭。つい先日、別の姓になった由布子は、玄関先で水貴と拓也を振り返った。

「じゃあ……またね。身体《からだ》に気をつけるのよ」

「うん、母さんもいろいろ気をつけて。こっちのことは心配しなくていいからさ」

寂しさは確かにあるけれども、水貴はそれを笑顔で隠した。由布子が後ろ髪を引かれることなく新しい生活へと向かえるようにしたかった。

由布子は小さく頷くと、視線を拓也へと移した。

「拓也くん。正直に言うと、あなたが来てくれなかったら水貴一人に任せようなんて思わなかったと思うわ」

「そうなんですか？」

「だってやっぱり心配だもの。だから、よろしくね。甘やかさない程度に」

「はい」

言葉少なに拓也は答えた。もう少しなにか言うかと思っていたが、水貴の予想に反してそれだけだった。余計な言葉は必要ない、ということだろう。

駐車場から車を出してきた再婚相手が、家の正面で停車した。

「ここでいいわ」

「でも……」

「またね」

由布子は水貴たちに背を向け、彼女を待つ人の元へ歩いていく。助手席に乗り込むと、運転席の窓から再婚相手が顔を出し、丁寧に頭を下げた。

水貴も黙って頭を下げた。

走り出す車の速度はゆっくりだが、それでも間もなく姿は見えなくなった。

どちらからともなく家のなかに戻り、ベンチチェストに並んで座った。視線は自然と、家族写真に向けられてしまう。

「行っちゃったなぁ……」

「寂しいだろ」

「そりゃあね。俺、ちょっとマザコン気味だし」

「自分で言うか」

「あはは」

拓也は呆《あき》れたような声を出したが事実なので仕方ない。水貴はその点に関してはずいぶんと前から開き直っているのだ。

「当分は拓也さんと二人だけだね」

長倉地所との契約は昨日——二月末日をもって切れた。すでに社員は拓也以外誰もいなかったし、これといった手続きがあったわけではなかった。ただ担当者から事務的な電話が一本あっただけだった。

「……夜、なに食べたい？　なんでもいいはなしね」

「じゃあ鍋」

「あー、いいね。人が増えたら出来ないもんね」

気心が知れた――というよりも身内感覚の拓也だから鍋が可能なのであり、そうでなければやはり銘々にトレーで食事を提供する形になるだろう。住人同士が仲よくなって、皆でわいわいと食事が出来るようになれば別なのだが。

「ちょっと買いもの行ってくる」

一番近いスーパーまでは車で数分だ。歩いても行ける距離だが、荷物のことを考えると車になってしまう。

キーを手にしようとすると、拓也が自分のキーを軽く挙げて見せた。運転手になってくれるようだ。

「いいの？」

「俺も飲みもの買いたいからな」

「じゃあお願いします」

二人だけで買いものへ行くのも久しぶりだ。以前、拓也が手伝いに来てくれていたときは、よく自転車を転がしたものだったが、いまでは二人とも車と免許を持っている。それだけ時間が流れたのだと思うと感慨深かった。

風の音がやけに大きく聞こえる。

以前の六畳ほどの部屋から、八畳よりやや大きな部屋に移ったのは一週間前だ。そもそも自分の家のなかでの移動だし、もう慣れてきたはずなのに、由布子がいなくなったせいか、ひどく心細く感じる。

来年には二十歳になるというのに情けない。マザコン云々《うんぬん》ではなく、たんに一人暮らしが出来ないタイプなんじゃないかと水貴は自嘲《じちょう》した。

ちらっと時計を見て、ベッドから抜け出す。家のなかはほぼ照明が落とされ、廊下に設置したフットライトだけがぼんやりとした明かりを放っている。

音を立てないように階段を上がり、客室のある二階へと足を踏み入れた。客室は階段の両側に二つずつ並んでいて、拓也の部屋は南東の日当たりがいい部屋だ。どうやらまだ起きているらしい。

軽くノックすると、すぐに内側からドアが開いた。

「どうした？　なにかあったのか？」

「そうじゃなくて……えっと、ちょっといい？」

「ああ」

部屋は彼が住むようになってもほとんど変わっていなかった。調度品はそのままだし、持ち込んだものもそう多くはないからだ。まるでペンション時代の客のようだった。

水貴はベッドに座り、室内を見まわした。その隣に拓也が来た。

「で？」

「ほんとになんでもないんだよ。ただ……ちょっと寂しくなっちゃってさ」

「そうか」

笑われる覚悟をしていた水貴だったが、拓也は真面目《まじめ》な顔で頷き、ただ頭を撫《な》でた。まるで子供の頃に戻ったようで気恥ずかしくなる。

拓也が泊まるときはいつも水貴の部屋で、一緒に寝ていた。さすがに高校生にもなってそれはどうかと思ったが、いまさらだしベッドも余裕があるし……と言われて、なんとなく受け入れてしまっていた。

普通じゃないことは一応わかっているから、人には言ったことがない。由布子がどう思っていたのかは謎だ。一度も話題に出たことがなかったからだ。

「一緒に寝るか？」

「……うん」

そろそろ寝ようと思っていたという拓也は部屋の電気を消し、そのあいだに水貴はベッドに潜りこんだ。

隣に拓也が入ってきて、当たり前のように抱き込まれるが、嫌だとは思わなかった。そして広さに余裕はないものの、離れて寝ようと思わなければ落ちるようなこともなさそうだった。

「寒いからちょうどいいかも。風呂上がり？」

「ああ。おまえもだろ。いい匂いするな」

くん、と鼻を鳴らしながら、拓也は水貴の首元に顔を近付ける。くすぐったさに、反射的に首を竦《すく》めた。

「ボディソープだよ。母さんが使ってたやつ、もったいないから……ぁっ……」

ぺろりと首を舐《な》められて、変な声が出てしまう。

「ちょっ……甘いのは匂いだけだってば」

「知ってる。けど……俺には甘いんだよ」

理解出来ないことを言い出す拓也に水貴は戸惑い、さらに首より下の場所を吸われて、びくっと身体を震わせた。

よくわからない感覚だった。

「や……なに、してんのっ……」

こんな触れ方は、もはやじゃれ合いだなんて言えない。行為はどんどんエスカレートしていき、鎖骨《さこつ》あたりを舐めたり甘噛《あまが》みしたりしながら、腰《こし》から腿《もも》を撫で、とうとう尻《しり》まで揉《も》んできた。

悪ふざけにしてもひどい。どう考えたって性的な触れ方だ。

「よ、酔ってんのっ？」

「全然」

「なんで、こんなセクハラ……」

油断すると声が上ずりそうだった。触られているうちに変な気持ちになってきて、気持ちがいいような気もしてきた。

「嫌か？」

「い……やとかじゃ、なくて……」

嫌悪感は皆無と言ってもいいし、拓也への好意が揺らぐなんてこともない。それがかえって水貴を戸惑わせていた。

怒ってもいい場面のはずだ。そして幻滅したとしても文句は言われないだろうに。

「なんで、俺がこんなことしてると思う？」

「え？」

「ハラスメント……嫌がらせじゃねぇのは、わかるだろ？　もちろん悪ふざけでも、イタズラでもない」

いつの間にかあやしい手の動きも止まっていた。顔は暗くてわからないが、声の調子は真剣そのもので、自然と水貴も身がまえてしまう。

水貴だってそこまで鈍くないが、まさかという思いが強い。なにしろ子供の頃からの付き合いなのだから。

振り返って見れば疑問を抱くべき場面もいくつかあった気がする。子供の頃ならばともかく、こうして同じベッドで眠ろうとしていたことも、過剰とも言えるスキンシップも、いい年をしてすることではないだろう。

「俺、洗脳されてた……?」

「人聞きの悪いことを言うなよ。刷り込み程度だろ」

「……それって、あの……つまり……」

「好きなんだよ。おまえのこと、ずっと前からな。やっぱ気づいてなかったか。まぁそうだろうな」

さらりと告白をし、くすりと笑う。その顔には余裕さえ見えているのに、本気を疑うことも出来なかった。

真剣で、そのくせ甘さを帯びた声のせいだ。

だんだんと目が慣れてきて、カーテンの隙間《すきま》からこぼれる月明かりで、少しは拓也の顔も見えるようになっていた。

見えてしまうから、思わず視線を逸《そ》らした。

「いや、でも……ごめん。無理……だから……」

「即OKもらえるとは思ってねぇよ」

「え？」

「諦《あきら》める気はないんで、とりあえず恋愛対象に加えといてくれればいい。これからガンガン攻めるから、そのつもりでな」

ぽかんとして拓也を見つめるばかりの水貴を抱きしめ、拓也は背中をぽんぽんと軽く叩《たた》いた。それはさっきまでの触れ方とはまったく違い、性的な意味合いなど感じさせないものだった。

「こ、このまま……？」

「嫌か？」

「……じゃないけど……」

告白直後にこの体勢というのはどうなのだろうか。水貴はこうなってもやはり拓也のことを信じていて、彼が無理矢理どうこうするとは思っていないし、断ったからといって拓也のことが嫌いなわけではないから、抱きしめられていること自体はかまわないのだが。

互いに問題ないのならば、いいのかもしれない。

水貴はいささかズレたことを思いながら、だんだんとまぶたが重たくなっていることに気づいていた。

そうして拓也の腕のなかで眠りに落ちるのに、そう時間はかからなかった。


あの夜の告白以来、拓也は隙あらば水貴に触れてくるようになった。

二人きりの家なので、機会はいくらでもあった。平日は仕事から帰ってきてからずっとだし、週末ともなれば朝から晩までだ。さすがにきわどいことはもうしてこないが、抱きついたり唇以外の部分にキスしたりするのは当然になった。

「もう、邪魔だってば」

「ちゃんと出来てるじゃねぇか」

無駄にいい声が耳元でする。くすぐったいような、ぞくぞくするような妙な感覚と戦いつつ、水貴はサラダ用のレタスをちぎっている。

そんな後ろから、抱きすくめているのだ。ちょうど水貴の腹のあたりで手を組んで、ぴったりと身体を密着させて。

「そりゃレタスちぎるくらいは出来るけど……」

「なんか手伝おうか？」

「現在進行形で邪魔しててよく言うよね。頼むからあっちで座ってて」

「新入りが来たらやめるわ」

拓也はちらりと時計を見て、小さく舌打ちした。

現在時刻は十一時半を少しまわったところだ。十二時頃に新しい下宿人——成晃が来ることになっている。真面目そうな彼のことだから遅れるということはないだろう。予定ではランチを一緒に取ることになっているので、昨日から仕込んでいたビーフシチューを火にかけているのだ。

「で、その王子サマはおまえのファンなんだっけ？」

「料理のファンだよ。お世辞じゃないとは思うんだけど」

ほかにいくらでも選択肢はあったのに、あれだけ通ってきてくれた上、賛辞も惜しまなかったのだから、相当気に入っているのだと信じていいだろう。

「料理ねぇ……」

「毎日食べたいって言ってたの、本気だったんだね」

料理で釣れた、と笑っていると、拓也が耳元で溜め息をついた。なんだろうと振り返って見たら、彼は少し難しい顔をしていた。

「なに？　どうしたの？」

「いや……実際のところは本人に会ってみて確かめるわ」

謎の言葉を吐いて、拓也はまわした手に力を込め、ますます水貴の動きを不自由にした。

本気で振り払ったり怒ったりしない自分にも問題があることは自覚している。受け入れる気がないなら触れることも禁じるべきだと思うし、事実それを口にしたこともあったのだが、なにしろ拓也が聞く耳を持たないのだ。曰《いわ》く、これも口説きの一環だから努力を否定しないでくれ、と。

まったくもって理解出来なかった。出来なかったが、押し切られて現在に至っている。

「瀬戸さんは問題ない人だと思うよ」

プチトマトのパックを手にしたところでインターホンが鳴った。玄関はここを寮代わりに使い始めた頃、オートロックにしたのだ。水貴は拓也の腕から抜け出して受話器を取り、訪問者が成晃であることを確かめてから解錠した。

住人になればキーを渡すので、自由に出入りできることになる。

成晃は身一つで現れた。さきほど彼の荷物は業者によって運び込まれたところで、本来は立ち会いたかったらしいが、別の用事で出来なかったのだ。

「これ、鍵です」

案内した部屋は、拓也とは一番遠い角部屋だ。決めたのは成晃本人だった。

「ありがとう。これからよろしくね」

「こちらこそ。あ、それで昼ご飯なんですけど、十二時になったら下りてきてください。玄関ホールの左側がダイニングです」

「うん、わかった。いい匂いがしてたから楽しみ」

にっこりと笑う顔は相変わらず煌《きら》びやかで、この部屋は彼に似合わないなとあらためて思った。もっともいままで住んでいたのも古い木造アパートだったらしいので、それに比べたらマシのような気もした。

階下に戻ると、拓也がテーブルセッティングを終えてコーヒーの豆を挽《ひ》いていた。ここの手伝いはさすがに慣れていて、言わなかったことまでやってくれている。

「ありがと。なんか、ここのスタッフみたい」

「別にそれでもいいぞ」

「え？」

「将来的に、二人でここやっていくのもありだなと思ってさ。異動内示されたら本格的に考えてみるわ」

「え……ちょっ……」

唐突な話についていけない。いつの間に拓也のなかでそんな選択肢が発生していたのか、戸惑うというより呆れるしかなかった。異動云々の前に水貴の返事だろうと思う。彼の言い方だと、いずれ彼を受け入れることが前提ではないか。

ムッとして見つめていると、拓也が気づいて軽く笑った。

「ジト目も可愛《かわい》いな」

「睨《にら》んでんの！　だってそれって、俺と恋人になること前提じゃん」

「なにごとも前向きに考えるのがモットー」

「一つ間違えるとストーカーだよねっ」

「なるかもなぁ」

のんびりとした言い方に毒気を削《そ》がれた。どこまで本気かわからなくて、一人で熱くなっているのがバカらしくなった。

拓也がちらっと時計を見るので思わず目で追い、水貴は慌てて動き出した。もうすぐ成晃が下りてくるのに、こんな会話と雰囲気ではいけない。

意識を切り替えて昼食の準備をしていると、成晃がやや緊張しながらダイニングに入ってきて、ぺこりと頭を下げた。

すでに拓也は食卓についている。中央に置いた楕円《だえん》の大きなテーブルで、椅子《いす》は十脚。一人で来る客のために新しく入れたものだ。おかげでかなり余裕があった通路はギリギリになってしまった。

「こちらへどうぞ」

「あ、ビーフシチュー？」

「すね肉だけどね。あ、ちゃんと柔らかくなるまで煮たから大丈夫」

「心配してないよ。水貴くんが作るものは全部美味《おい》しい」

まぶしい笑顔に水貴はうっとたじろぐ。王子さまの本領発揮だ。いつもの店は薄暗いから威力がフルには発揮できていなかったらしいと知った。窓が大きく明かりが十分なここでは真正面から受け止めるのも恥ずかしかった。

「え……えっと、あ……！　そうだ、紹介します。こちら上城拓也さん。一号室の人です」

ちなみに成晃は五号室だ。よくある話だが、ここには四号室というものがないのだ。

「どうも。これからよろしく」

「こちらこそ。僕は瀬戸成晃といいます。瑛大の三年です」

二人は視線をあわせて挨拶《あいさつ》を交わしたが、どうも雰囲気が和《なご》やかではない。どちらも視線が尖《とが》っているような気がしてならなかった。二人とも普段から愛想は悪くないはずなのにと、水貴は内心不思議に思いながら着席した。

食事をしながら話しているうちに、拓也の仕事やここの関わりの話になった。

「ガキの頃、そっちに住んでたんだよ」

「ああ……なるほど。隣のタク兄ちゃんって、上城さんのことなんですね」

ぼそりと呟き、成晃はちぎったパンを口に入れた。

「あれ、その話もしましたっけ？」

「え……ああ、うん。してくれたよ。それにしてもこれ、美味しいね。肉もトロトロだし、くどくないし」

「ありがとうございます」

昨日から作っていた甲斐があったというものだ。材料自体は高いものではないので、これもランチメニューに加えてみようと心に決める。シチューは週に一回にして、いろいろなものを出してみるのもいいだろう。

成晃の反応に少し違和感は覚えたが、メニューのことを考え始めた水貴はすぐそれを忘れてしまった。

代わりに拓也がじっと成晃を見ていたが、なにを言うわけでもなかった。

「ランチはいつからだっけ？」

「四月の二週目からです」

「楽しみだな。もちろん毎日の夕食もだけど……というか、三食水貴くんの料理を食べたいよね。あ、これ前も言ったっけ？」

「そう言っていただけるの、嬉しいです」

期待されるのは、プレッシャーもあるがそれ以上にやりがいを感じた。拓也も美味しいとは言ってくれるが、ここまで手放しに褒めてくれることはないのだ。もちろん性格や表現方法の違いなのだろうけれども。

「僕は一番のファンだって思ってるから」

熱い視線に照れくさくなって、水貴は曖昧に頷いた。そこに込められた意味に気づいたのは、向けられた本人ではなく拓也だった。

ふいに電話が鳴って、水貴は席を立った。家の電話が鳴っているということは、下宿希望者が出たという可能性が高い。

果たして、電話の内容は下宿希望に関してだった。


約束の時間から少し遅れて、先日の入居希望者とその付添いはやってきた。

学生の場合、ついてくるのは親であることが多いはずだが、なぜか彼——平塚錦《ひらつかにしき》という青年の場合は、弁護士を名乗る人物がついてきた。

「遅れてしまって申し訳ありません」

四十代くらいのスーツ姿の弁護士は、開口一番にそう謝罪した。隣にいる錦は他人ごとのような顔でじろじろと玄関ホールを眺めていて、水貴とは視線をあわせようともしない。弁護士は咎《とが》めるような目をしたが、なにも言うことはなかった。

遅刻の理由は錦なのではないか。なんとなく水貴はそう思った。

それぞれ挨拶を交わし、錦のことも紹介された。彼は成晃と同じ大学の一年で、今度二年になるという。つまり水貴とは同じ年だ。

背の高さは成晃と同じくらいかもしれない。平均よりは高そうだが、拓也ほどではない。身だしなみにはかなり気を遣っているようで、このままメンズファッション誌に載せられそうだった。

勉強よりも遊びに熱を入れていそう、というのが水貴の印象だ。同じように印象の派手な成晃がひたすらキラキラしている王子さまなのに対し、錦はチャラチャラしているように見えてしまう。

あくまで印象だ。実際のところがどうかはわからないが。

ダイニングルームに二人を通し、水貴はお茶を出した。

「えーと、それで条件などなにかご質問とか、気になるところはありますか？」

「いえ、なにも」

基本的なことは大学側に出してあった。本人がどこまで把握しているかは不明だが、少なくとも弁護士はわかっていたし、錦の両親も同様だという。下見に来たというよりも、すでに契約を決めているような口振りだった。

水貴は弁護士と話を進めていった。話すのは弁護士ばかりで、当の本人はスマートフォンをやる気なさそうな顔で弄っている。

「部屋はいま二部屋空いてるんですけど、実際に見て、どちらか好きなほうを選んでくだされば……」

「どっちでもいいよー」

ずっと黙っていた——挨拶さえ声には出さず、ちょこんと頭を下げただけだった錦が、かぶせるようにして言った。視線はスマートフォンに向かったままだった。

「え、でも……」

「広さも設備も一緒なんでしょ？　間取りが左右違うくらいじゃないのー？」

「そうですけど」

「じゃ、適当に決めてよ。いつから来ていいのー？　あ、それとメシはなしで」

「錦くん、それは……」

弁護士が戸惑った声を出した。両親の意向とは違うことを言い出したようだ。

鼻白んだ様子で錦は言った。

「別に契約はメシ付でもなんでも勝手にすれば？　けど、俺は食わないから。面倒なんだよねー、決まった時間に食うとかって」

これは少し面倒そうな下宿人だ。ペンション時代もたまに困った客が来たものだが、借り上げてもらっていたときは問題のある人はいなかった。いままで錦がどうしていたのか、少しだけ気になった。

「あの……こちらとしては、どちらでもいいんですけど……平塚くんは、いままでは一人暮らしを？」

「寮だけど？」

弁護士が答えようとするより先に、錦が答えた。おそらく弁護士はそのあたりをごまかそうとしたに違いない。

つまり寮の規則がいやで出てきたか、守れないあまり退寮をくらったか、だろう。

「うちも最低限の規則はありますよ？」

「読んだよ。大丈夫、女は連れ込まないし、夜中に騒いだりしないし。遅く帰ってくるときは静かにするし。あ、別に門限とかないんでしょ？」

「ないですね」

「んじゃいいよ。契約よろしくー」

「……わかりました」

弁護士にも思うところはあるようだが、錦を説得するつもりもないようだ。彼は契約のために親の代理として来たのであり、言われた通りに食事付で契約してしまえば、後はどうしようと知ったことではないのだろう。

すぐにでも寮から出たいという錦の意向で、入居は明日ということになった。本当は今日からでも泊まりたいという顔をしていたが、さすがにそれはやめてもらった。

「じゃーね。また明日ー」

まるで友達と別れるような態度で錦は帰っていった。そのくせ最初から最後まで笑顔を見せることもなかった。というよりも、一度も目があわなかった。

食事がいらないとなると、接する機会は少なそうだ。

「問題起こさなきゃいいけど……」

思わず遠い目をしてしまうが、すぐにキッチンに入って夕食の準備を始めた。最近のメニューはランチに向けた試作品の意味合いが大きくなっていた。味や盛り付け、そしてコストも含めての実験のようなもので、もちろん二人には許可を取っている。というよりも、積極的に協力してくれていた。

だいたいのメニュー構成も決まった。曜日ごとにジャンルを決め、そのなかで毎回変えていく形でやることにした。たとえば月曜日は肉料理、火曜日はパスタで、水曜日が魚料理、というように。

今日はチキン南蛮《なんばん》だ。今回は胸肉とササミの両方を使い、いかにパサつかないように仕上げるかがポイントだ。

下ごしらえをしていると、成晃が帰ってきた。

「ただいま。なに作ってるの？」

「おかえり。今日はチキン南蛮……もどき。コスト的に、胸かササミにしようと思ってるんだけどね」

　口調は成晃の希望で拓也に接するのと同じように、ということになった。呼び方も姓から名前に変わっている。これも希望によるものだ。

「モモ肉ほどジューシーにはならないと思うけど、パサつきはなくせるから……まぁそれでなんとか」

「いいんじゃないかな。女性はカロリー気にするから、そのほうが受けそう」

「あ、なるほど」

　カロリーはあまり気にしたことがなかったので、納得すると共に感心した。きっと成晃は日頃から女の子と接する機会が多く、その手のことも自然と耳に入ってくるのだろう。

「それよりどうだった？　入居希望者、見学に来たんだろ？」

「あ……うん」

「どんな子？　一年だっけ？」

「そう。なんていうか……協調性なさそうだった。食事もいらないって言ってたし、ちゃんとルール守ってくれるかなぁ……あ、それで成晃さんの隣になったんだ。なにかあったら、すぐに言って」

　どちらでもいいと言われたから、なんとなく成晃の隣にしてしまったのだ。同じ大学の先輩後輩だし、社会人の拓也よりは生活リズムも近いだろうと期待してのことだ。壁はそれなりに厚く、亡くなった父親が素材も選んで建てたので、多少の物音は大丈夫だろう。

「それはいいけど……名前、聞いてもいい？」

「どうすんの？」

「ちょっと大学で評判聞いてみようかと思って。もし問題行動起こした場合の対処法とか、わかるかもしれないしね」

「あー……うん、でもそれは起きてからにしてくれる？　案外ちゃんとしてくれるかもしれないし。いざとなったら、お願いするから」

なにも起きていない時点であれこれと調べるような真似《まね》をするのは気が進まない。はっきりそうは言わなかったが、成晃は察してくれたらしくすんなりと引き下がった。

大抵のことは大丈夫だろうとわりと楽観視していた。孤軍奮闘になるならともかく、拓也もいてくれるし、成晃も案外頼りになる。入居者に恵まれているなと、肉を漬け込みながらひそかに水貴は思った。


インターフォンの音に玄関へ出ていくと、錦が斜めがけのバッグを一つ背負って、ドアの脇にもたれていた。視線はぼんやりと庭に向けられている。

「こんにちは。なに見てたんですか?」

「んー、庭。なんかここって、こないだも思ったけど花いっぱいだねー。あんたの趣味?」

「母の、ですね」

「ふーん……あの木も花咲くのー?」

いまはまだ枝しかない木を指し示し、錦はどうでもよさそうに尋ねた。

「咲きますよ。あれは花水木って言って、ここの名前の由来ですね」

もっと言えば水貴の名前にも深く関係しているのだが、わざわざ錦に言うこともないだろう。拓也や、昔の常連は知っていることだが。

「ああ、シンボルツリーってやつかぁ」

「そんなところです。どうぞ」

家に入ってすぐ、鍵を渡した。おそらく規則など把握していないだろうと、主立ったものだけ口頭で説明し、あらためてプリントを渡すと、無造作にそれを持って階段を上がっていった。

やはり今日も目はあわなかった。

「……絶対読まないよね……」

小さな声でぼそりと呟く。いくら吹き抜けの玄関ホールでも、さすがに聞こえないだろうほどの声だ。

会うのは二度目、しかも短い時間の接触しかないのに、そう確信出来てしまう。掃除の続きでもしようかとダイニングへ戻ろうとすると、上から会話が聞こえてきた。

確か今日は成晃がいるはずだった。

気になって階段を上がっていくと、隣人同士で言葉を交わしていた。挨拶かと思ったが、それにしては雰囲気が殺伐《さつばつ》としていた。

「なんだ、隣って王子だったんだー」

とっさに吹き出しそうになった水貴に罪はないだろう。まさか大学でもそんなふうに呼ばれているとは思いもしなかった。それとも錦が個人的に成晃をそう呼んでいるだけかもしれないが。

「僕は王子なんて名前じゃないよ。知ってるとは思うけど。それと一応これでも君より二つ先輩なんだけどね」

成晃は慣れているのか気にしていないのか、特にムッとしたようなそぶりも見せない。ただしそれらしい態度は取れと言外に告げていた。怒ってはいないようだが、錦に対して好意的とは言えないだろう。

錦は鼻白んだ様子だった。

「知ってるよ。あんた有名だもん。なんでうちのガッコになんか来たかわかんないくらい頭いいんでしょー？　しかもその顔だし」

「君もね。噂《うわさ》はいろいろと聞いたよ」

「あ、そう」

「くれぐれも、ここに彼女とか連れ込まないようにね。規則にも書いてあると思うけど、人を連れてくるときは報告してからだよ」

「ほんっと真面目なんだー。あ、そっか。確か子供の頃から好きな子がいるから、全部断ってるんだっけ？　ってことはなに、童貞？　マジ受ける、その顔でドーテーとか！」

「なるほど、本当にそういう話題にしか興味がないんだな。まぁいいけど、ここの住人として迷惑になるようなことはやめてね」

成晃は相手にせず、冷たい声でそれだけ言ってこちらに歩いてきた。ちょうど部屋を出たときに錦と出くわしたのだろう。

それからすぐにドアを勢いよく閉める音がした。どうやら錦は初対面の相手にもあんな揶《や》揄《ゆ》をするくせに、自分は些細《ささい》なことで感情的になるらしい。

いまから慌てて隠れても間に合わないから、水貴は諦めてその場に立っていた。階段のところまで来て初めて、成晃は水貴に気づいてバツの悪そうな顔をした。

黙って二人して階段を下りたのは、錦に聞こえては……と思ったからだ。

「お茶入れるね」

「ありがとう」

成晃はダイニングの一番奥の席に座った。そうして水貴が紅茶を入れて戻ると、小さく溜め息をついた。

「聞いてた……よね？」

「あ、うん。ごめんね、なんかトラブルだったらマズイと思って」

「いや、いいんだけど……じゃあ初恋の子のことも聞いてた……よね？」

「初恋なんだ？」

「あ……」

子供の頃から好きな子がいるとは聞いたが、それが初恋だというのは、たったいま成晃自身が暴露したことだ。きれいな顔には「しまった」と書いてあった。

ここは空気を読むべきだと思ったが、水貴は好奇心に負けてしまった。

「その相手って、まだ付き合いっていうか……接点あんの？」

「……うん」

「幼なじみとか？」

「そんな感じ。それより、あいつだよ。平塚錦」

成晃は強引に話を錦に持っていく。あのやりとりを聞いた後では、言いたいこともあるだろうなと納得した。今度は好奇心より管理人としての立場を優先することにした。

「ああ、うん。彼ね……」

窓を背にした成晃は、ときおり視線をダイニングルームの入り口に向けながら、声をひそめて言った。

「さっきのでわかったと思うけど、あいつの女付き合いは派手なんだ。ちょっと聞いただけで、笑えないようなエピソードがゴロゴロ出てきたよ」

「モテそうだよね」

「モテるのと、だらしないのは違うよ。あいつはそんな感じだから、親に入れられた寮で規則に縛られるのが嫌で、友達とか……いろいろな相手のところを転々としてたみたいだ。で、とうとう寮を追い出されたってわけ」

「あ、やっぱり追い出されたんだ」

嫌気が差して出てきたわけではないらしい。成晃の補足説明によると、滅多に寮は戻らないわ、戻れば規則違反で周囲からクレームが入るわで、退寮の勧告が出たようだ。そして錦もこれ幸いと一人暮らしにシフトしようとしたのだが、親が許可しかなかったらしい。放任だが、さすがに息子を野放しにすることはよしとしなかった。

「なるほど……」

「とにかく、あいつには気をつけて。なにか注意とかするときは、僕か上城さんがいるときにして。逆ギレでもされたら厄介《やっかい》だし」

そんな危ない人物とは思えなかったが、そう言い切れるだけの理由もなく、水貴は曖昧に頷いておいた。

四月からスタートしたランチは好評だ。ほぼ毎日、用意した分の数がなくなり、せっかく来てもらった客を断る日もあるほどだった。靴《くつ》を脱いでスリッパで飲食するというスタイルも、寛《くつろ》げると言ってもらえている。

以前働いていた店はもうなくなり、建物自体も取り壊しが決まった。立地はいいが古いので、補修よりも立て直して使いたいというところが現れたからだ。ますます寂しいと、前の店で常連だった人が言っていた。

「まぁ、ばーちゃんは元気そうだけどな。こないだ見たよ」

「よかったです」

「今度、食べに行こうかなって言ってたから、近いうちに来るかもよ」

それが本当なら楽しみだ。水貴は微笑みながら頷き、別のテーブルのオーダーに応《こた》えてキッチンに戻った。

カウンター越しにダイニングルーム——いや、店内が見える造りは、いまとなってはとても都合がいい。従業員を雇わず一人でまわしているので、そうでもなかったら営業など考えられなかっただろう。

十二時を少しまわると、いつものように拓也が現れた。ランチ営業開始以来、よほどのことがない限り、拓也はわざわざ車で五分の職場からここへ戻ってきて食べているのだ。曰く、どのみち職場のナスタはオープン前で店は一つもやっていないから、町に出てくるか買って持ち込むしかないのだという。確かにそうだった。そして拓也に言わせると、どうせ町に出るなら水貴の作ったものが食べたいらしい。

「いらっしゃい」

「ああ、いい。自分でやる」

水を持っていこうとすると、拓也は自分でカウンターからコップを取り、ピッチャーから水を注いで空いている席に座った。中央の大きなテーブルの一角だ。

拓也や以前の常連が自発的にいろいろとやるので、一部の客もそれに倣《なら》ったり、帰りがけに食器をカウンターに返したりしてくれる。まるでセルフサービスのようで申し訳ないのだが、調理で手が離せないときなどにはとても助かっていた。そして積極的になにをするわけでもない客も、不必要に急かしたりしない。非常にありがたい客たちだった。

メニューは一品だけなので、注文を聞くこともない。入り口に今日のランチがなにかは書いてあるので、客も承知で入ってくるからだ。量や辛味の調整などがある場合は、客が自分から言ってくれる。

「お待たせしました」

今日はパスタの曜日なので、春キャベツとアサリのペペロンチーノとミネストローネだ。わからない程度に多めにしたそれを拓也に出したとき、別の客が入ってきた。

時間的に誰かは予想できていたが。

「まだ大丈夫？」

「はい」

思った通り成晃だった。彼もまた拓也と張り合うようにして、毎日のように大学からここまで戻ってくるのだ。

見目のいい二人の男が毎日来るおかげか、女性客もだんだんと増えてきている。おかげで出遅れるとありつけないと言って、以前からの常連が嘆いていた。

「水貴くんさー、もうちょい枠増やせねーの？」

先日間に合わなかったという客が、給仕の合間に話しかけてきた。向かいにはやはり常連が座っている。

「うーん……超頑張ってあと十食、かなぁ……」

「時間伸ばしたらどうよ。無理？」

「んー……」

「前倒しでモーニングとかさ。どうせそいつらに朝メシ出してるんでしょ？　ついでに朝営業もしちゃえば」

そいつら、というのはもちろん拓也と成晃のことだ。彼らがここの住人であることは、常連たちも、新たに通ってくれるようになった女性客も知っていることだった。

「それよりティータイムがいいなー、水貴くん」

近所の主婦が期待に満ちた顔を向けると、同意する気配が広がった。

非常にありがたいが、すぐには頷けなかった。

「すみません、現状いっぱいいっぱいで……ランチ枠は増やせますけど、ほかの時間はもう少し様子見てから考えさせてください」

「前向きによろしくね。そこ開け放って、テラス席作ってティータイムとか、すっごくいいと思うんだ」

「お庭きれいだしね」

「ありがとうございます」

自然と微笑み、庭に面した掃き出し窓から外を見た。

先日話に出た花水木は白い花をつけているし、花壇の花も色とりどりに庭を飾っている。

手入れは大変だが、褒められるくらいなのだから、なんとかこれをキープしていかねば、と思った。

すでに成晃が手伝ってくれてはいるが。

「ごちそうさん」

拓也は食器を持って立ち上がり、カウンターに置いた。いちいち支払いはしない。成晃もそうだが、後でまとめてという形を取っているからだ。

「ありがとう」

「美味かった。じゃ行ってくる」

拓也は慌ただしく職場に戻っていく。オープン間近でかなり忙しそうなのだ。

スーツ姿でキリッとした表情を浮かべる彼は、やはり格好よかった。水貴が知っている男の人のなかで一番だろうと本気で思っている。

当然とでも言おうか、そんな彼を店内の女性客数人が熱く目で追っていた。成晃も人気だが、年齢的なものなのか、あるいはタイプの問題なのか、女性客の視線が熱っぽいのはどう見ても拓也のほうになるようだ。

なんとなくムッとしてしまった。あからさまに顔に出しはしなかったが、心のなかで「見るな」と思ったほどにはおもしろくなかった。

拓也に秋波《しゅうは》を送る女性の半分は主婦なので、多分に憧れを含んだもの——つまりは芸人や有名人に焦がれるようなものだとは思っているが、独身の妙齢女性のそれはかなり本気が入っていそうだ。そのうち行動を起こしそうな人もいる。

拓也ほどの男なら彼女の一人や二人、いても当然なのだ。実際にはいないらしいが、それはいま現在の話であって、過去のことはわからない。水貴が好きだと言って口説いてくるけれども、それがいつまで続くかは知れない。

誰かが拓也に寄り添う未来――。

そんなものは考えたこともなかった。けれども当然のことだ。二十四歳という年齢で、あれだけの見た目で、ちゃんと仕事もしていて、性格だって悪くはない。水貴は自分と接しているときの拓也しか知らないが、誰からも悪い話は聞かないから、問題はないはずだ。どうやら拓也があまり好きではないらしい成晃だって、理由は気があいそうもない、というだけで態度や性格になにか言ったりはしないのだ。そんな超が付く優良物件の拓也が、いつまでも一人でいるわけがなかった。

「ごちそうさま」

「あ……ありがとうございました」

席を立った女性三人のグループが、支払いをしながら声をひそめて言う。

「上城さんって、そこに住んでたって本当？」

言いながら視線を向けたのは、木々のあいだから見える隣家だ。おそらく近隣に住む古株の誰かから聞いたのだろう。

水貴は頷いた。

「じゃあ本当にUターンなのね」

「あー、ですね」

「ずっとこっちにいるのかなぁ……？」

「さぁ？」

曖昧に笑ったのは、なにもごまかしたわけではなかった。本当に水貴は知らないのだ。いまは〈ナスタ藍浜〉勤務としてこちらにいるが、大きな会社だから、いつ異動になっても不思議ではない。こちらの施設が落ち着いて、また別の施設がオープンするとなれば、そちらに行くことだって大いに考えられる。しかも長倉地所は全国規模どころかグローバル企業だ。その系列会社として施設の運営を担っている拓也の会社なのだから、どこか海外の施設に飛ばされたとしても不思議ではない。

ちくちくと水貴の胸に痛みが走った。目の前の女性の、どこか熱に浮かされたような様子も痛みに拍車をかけた。

彼女たちに、拓也が隙あらば水貴を口説いている事実を教えたら、一体どんな反応を示すんだろうか。

一瞬そんな攻撃的な思考になったが、すぐ我に返った。そうして笑顔で彼女たちを送り出した。

成晃はそんな水貴を、ひどく気遣わしげに見ていた。

一人二人と客が帰り、時間があるらしい成晃だけが店に残った。彼だけがいる状態だと、店というより普段のダイニングルームといった印象になる。

「手伝うよ」

「え、いいよ。だって……じゃあ、ランチ代引いとく」

「それはダメ。運んでテーブル拭《ふ》くくらいだからさ」

気を遣われているのだと感じて、申し訳なくなる。勝手な感情を抱いて、無関係な成晃に負担をかけてしまうなんて。

ランチの片付けが終わると、庭の手入れに誘われた。

話しながら剪定《せんてい》したり肥料をやったりしているうちは、さっきまでの気持ちを忘れていられたが、結局水貴のテンションが普段通りになることはなかった。

その後、用事があるからと、水貴を気にしながら成晃が出かけていくと、家のなかの掃除を始めた。

相変わらず気持ちは落ちたままだ。不機嫌というよりも、もやもやとした気分が晴れず、油断すると考え込んでしまう、という感じだった。

一人になった家のなかで、水貴は溜め息をついた。

いや、違う。そういえば二階に錦がいるはずだが、気配はまったくしなかった。彼は昼前に帰ってきたきり、一歩も部屋を出ていない。しんと静まりかえっているので、おそらく寝ているのだろう。

だがランチタイムの賑やかさが嘘《うそ》のように静まりかえっているのは確かだ。小さな溜め息さえもよく響くほどに。

じっくり考える余裕が出来てしまった。さっきのあの感情に名前を付けるとしたらなにか、水貴は薄々感づいている。

「いや、でも……」

まさかそんな、と頭を抱えたくなった。深く考えることを放棄したい。むしろこの部分に触れてはいけない気がした。

半分心を飛ばしながら、相変わらずモヤモヤとした気持ちを抱えて、水貴はルーティンワークをこなしていった。


夕方になってからキッチンに入り、機械のように食材を切った。カレーなんて目をつぶっていたって出来る、と思っていた。

確かに出来た。マズイわけでもない。けれど、出来映えは水貴にとって不満が残るものになってしまった。

「ごめん、なんか今日、思った通りの味にならなかった……」

拓也と成晃を前に、水貴はしょぼくれる。

ローテンションはいまも続いている。いまのそれは、水貴的に失敗したカレーのせいで拍車がかかっていたが。

「美味かったけどな」

「僕もそう思うよ」

「けど、ちょっと尖ってた」

あれは「尖っている」としか表現できない味だった。スパイスをいろいろ使っているから刺激があるのは当然なのだが、どうにもまろやかさに欠ける、角の立つ辛さだった。

「明日は二人とも昼は無理だって言ってたから、ランチにしようと思って、いっぱい作っちゃったのに……」

いよいよ佳境に入った拓也は明日から昼でも現場を離れられないと聞いていたし、成晃も教授との約束で無理だと聞いていた。だから明日のランチはカレーの予定だったのだ。

「手直し出来ねぇのか？」

「アレンジは？」

「……アレンジ……」

「そうそう。カレーを使ったなにか」

「あ……ドリアみたいなやつとか？　焼きカレー？」

「それだ！」

「そっか……溶けるチーズと卵でマイルドに……うん、朝一で買ってくる」

ストックが足りないと頭のなかで確認し、水貴は大きく頷いた。少し浮上したのを見て成晃がほっとしたような顔をしていた。

気分直しにコーヒーをいれ、飲み終える頃にはさらにまた少し気分を持ち直していた。

成晃に任せたとばかりに言葉数が少なかった拓也が気になりはしたが、成晃の前でそれを言うつもりはなかった。

やがて風呂に入ると言って、成晃はダイニングルームを出ていった。

「で？」

待っていたのだとわかった。余裕がある、というよりは、どこか小憎らしく感じる顔をして、水貴を見つめているからだ。

小さいほうのテーブルを三人で囲んで食べていたので、拓也との距離はほどほどに近い。いまテーブルに載っているのは、空になった三つのカップだけだった。

「……なにが」

言いたいことはわかっていた。考える時間はいやというほどあったし、そこまで鈍くはないから、多少の自覚はあるのだ。けれども水貴のなかで、慎重になれという囁《ささや》きがあるのも確かだった。

「ランチのときから様子がおかしい理由」

「黙秘」

「ヤキモチだろ」

「黙秘って言ってんじゃん！」

拓也は容赦《ようしゃ》がない。もう少しそっとしておいて、様子を見てくれればいいのに、遠慮なく突っ込んで笑っている。

思わず恨みがましい目で睨んでしまった。

「可愛い」

「なっ……」

「どうせあれだろ、空気読んでくれるって思ってたんだろ。甘いな」

「優しくない。昔からずっと優し……」

言いかけて、いやいや待てと思い直した。確かに基本的には優しかったし、頼れる兄貴分だったが、一方で水貴に他愛もないイタズラをしかけたりからかったりすることもあった。

拓也曰く、親愛の証……らしい。

「優しいだけじゃなかった……そういえば」

「だろ？　しかも俺、マジだからな。隙もチャンスも見逃さねぇよ。あと、だんだん俺のこと意識してるな……ってのも」

「だからそういうこと言わない！」

「図星だ」

楽しげに笑われ、ぐっと言葉に詰まって思わず横を向いた。

当たり前だと思った。もともと好意を——恋愛感情ではないにしろ抱いていた相手に、好きだと言われて連日のように口説かれて、過剰なスキンシップをされて、意識するなというのが無理だ。告白されてわかったことは、どうやら同性だということは障害にならないらしいことだった。

もちろん理性でのブレーキはかかる。けれども感情的な、あるいは本能的な部分では、拓也が同性なのはわりとどうでもいいと思っている。

ただしそれはメンタルの部分でだ。フィジカルな問題を考えると、どうしたって尻込みしてしまう。

「あのさ……ちょっと質問が」

「なに？」

「ええと、その……もし俺と恋人になった場合って、どうなんの？」

「漠然とした質問だな。具体的になにが聞きたいんだ？」

もっともな切り返しに水貴はふたたび言葉を詰まらせる。だがちらりと顔を見たら、拓也がなにもかもわかっていそうな顔で笑っていたので、つい足が出てしまった。軽く蹴《け》っただけなので、痛がるどころかげらげらと笑っていたが。

「気になってんのは、セックスだろ？」

「や……やっぱり、俺が……やられるほう……？」

「なにおまえ、俺をやりてぇの？」

さらりと問われ、水貴は固まった。

そんなことは考えたこともなかったし、言われた途端に「無理」だと思ってしまった。正直想像もしたくなかった。

「……それはない……」

「ちなみに俺はおまえのこと抱きてぇよ。おまえが気持ちよくなって可愛い声で喘《あえ》いで、いくとこが見たい」

「っ……」

声にならない悲鳴を上げながら水貴はゆでだこのように真っ赤になった。ここのところずっと口説かれてきたし、セクハラまがいの過剰なスキンシップもされてきたが、ここまで露骨な言葉を使われたのは初めてだった。

「あー、くそ可愛い」

長い腕が伸びてきて水貴の手をつかむ。次の瞬間には強く引っ張られて、倒れ込みそうになったところを抱き留められ、なぜかそのまま膝に乗せられた。

「ちょっ……」

「で、やられんのが嫌って感じか？」

「抵抗ないと思ってんの？　っていうか、別にそこクリアしたらＯＫとか、そういう段階じゃないからっ」

「えー、てっきりプラトニックならＯＫの段階かと思ってたわ」

「自惚《うぬぼ》れすぎ！」

まだそこまで行っていない、とは思うものの、水貴自身よくわかっていない。いま認めたら、そのまま畳みかけるようにして恋人関係にまで持っていかれる、という確信があって、否定の態度を取るしかなかった。

「なぁ、こういう体勢は別にいいのか？　嫌がって暴れるとか無理矢理下りようとするとか、まったくしねぇけど」

「か……感覚麻痺してるっぽい……」

慣らされすぎたのか、拓也とこんな格好で話すことに抵抗を覚えなくなっている。なにしろ年季が入っているので、頭ではこれが異常なことだとわかっていても、気持ちの面で許容してしまうのだ。

「キスは？」

「わかんないよ」

「してみようぜ」

「やだ」

「なんで」

ここで理由を問われること自体がおかしいのだが、水貴はそれに気づいていなかった。長年にわたる拓也の教育の賜《たまもの》だった。

少し考えて水貴は口を開いた。

「お試しでキスするのはやだ」

出来れば気持ちがお互いに向いていることを確信してから、キスをしたい。夢見がちだと言われようと、水貴にだってこだわりたい部分はあるのだ。

拓也はふーんと小さく頷き、前触れもなく水貴の頬《ほお》にキスをした。

ちゅ、とリップ音を立てる一瞬のキスは、実はもう何度もされているのでさほど動揺はない。慣れてしまったことが問題だとは思うが仕方なかった。

「これはいいんだろ」

「いいもなにも、もうされちゃってるし。いまさらじゃん」

「唇のキスもセックスも、実際したらそんなもんかもよ」

「絶対違う」

このままだと丸め込まれてしまいそうな予感がした。特に弁が立つというわけでもないのだが、拓也には昔からいいように転がされてきたのだ。詐欺師《さぎし》になったら成功するんじゃないかと思ったことも一度や二度ではなかった。

「でも唇じゃなきゃいいんだろ？」

「いいって言うか……」

「もうされちゃったことは、いいんだもんな？」

そう言いつつ拓也は水貴の首の付け根あたりに唇を落とす。そうして舌先で、ぺろりと鎖骨を舐めた。

「そういうことじゃ……」

ない、と続けようとしたところに、ごとんという大きな音が響いた。はっと息を飲んで音のしたほうへ顔を向けると、そこには目を瞠って固まっている成晃がいた。

落ちた後、ごろごろ転がっているのは、ペットボトルだった。

成晃は首からタオルをかけ、いつものようにきちんとパジャマを身に着けていた。水貴などはパジャマを持っておらず、夏場はTシャツと短パンで冬場はスエットという出で立ちなので、つい感心してしまった。

いや、そんなことはどうでもよかった。現状を見られたことが重要だった。

「あ……いや、これはその……っ」

焦る水貴に対して、拓也は落ち着き払っていた。むしろ冷静に成晃を見つめ、出方を窺《うかが》っ

ていた。

やがて成晃は我に返り、つかつかと近寄ってきた。いつもの王子さま然とした雰囲気などかなぐり捨て、目がつり上がっていた。

「上城さん！」

ものすごい剣幕で向かう先は、水貴ではなく拓也だった。

「どうした？」

「どっ……どうしたじゃないでしょう！　なんですか、これは！　あんた、まさかもう水貴くんをっ……」

そこまで叫んで、成晃は急に水貴を見た。思わずびくっとしてしまったのは、仕方ないことだろう。

だが視線があった途端、目に見えて成晃はクールダウンした。そして一向に口を開こうとしなかった。

「えっと……成晃さん？」

促してようやく、決意を秘めた目を向けてきた。

「水貴くん。上城さんとは、その……恋人なの？」

「その予定だが？」

「拓也さんは黙って！」

聞かれたのは水貴だし、拓也が入ると話が進みそうもない。言葉と視線で釘《くぎ》を刺してから、水貴は成晃に顔を向けた。

「違うから」

「でも……」

言いよどむ理由はわかっている。膝の上に乗せられ、肌にキスされている場面を見てしまったのだから、成晃が誤解するのは当然だった。

いまさらだが膝から下りようとしたら、腰をがっちりと抱き込まれて身動きが取れなくなっていることに気づいた。

「離してよ」

「いまさらだろ」

「恋人でもないのに、なんでこんな……」

「昔からの癖みたいなものだから気にしないで。なんていうか……そう、子供の頃にお守《も》りしてもらった延長……的な？」

必死で言葉を募ってみても、疑惑の目が変わることはなかった。成晃は水貴と拓也の関係を疑ったままだ。口には出さないが、その目が、あるいは顔が言っていた。

「無事なんだろうね？」

「え、無事って……？」

「無理矢理キスされたり、その……襲われたりとかしてないよね？」

「あー……うん、してない……」

目が泳ぎそうになるのを必死で固定し、水貴は大きく頷いた。どこからが「襲う」に入るのかは不明だが、とりあえず唇でのキスはされていないし、脱がされたりイかされたりはしていないので、そういうことにしておいた。

確認するように成晃は拓也を見た。

「水貴くんを脅して言わせてるんじゃないでしょうね」

「まさか」

「だったら離してあげてください。おかしいでしょ。まだ恋人でもなんでもないのに、セクハラじゃないですか！」

「口説いてんだよ。関係ねぇやつは引っ込んでろ」

「関係ならある！」

テーブルをバンと叩き、成晃は拓也を睨み据《す》えた。かと思ったら、水貴に向き直って両手で手を取り、表情を一変させた。

いつもの王子さまスマイルに、甘さがプラスされていた。

「好きだ、水貴くん」

「……はい？」

ぽかんと口を開け、まじまじと成晃を見つめてしまう。

好意を抱かれていることは知っていた。作った料理を褒められ、下宿まで申し出られれば当然だが、それが恋愛感情だとは思っていなかった。

水貴はふっと息をつき、拓也の腕を軽く叩いた。さすがに返事をするのに、膝の上に乗っているわけにはいかない。そのあたりを察したのか、今度はすんなりと離してもらえた。成晃も手を離した。

「えっと、気持ちは嬉しいけど、応えられません。ごめんなさい」

「わかった。でも諦めない」

「え？」

納得してもらえるだろうという期待はあっさりと裏切られた。これではまるで拓也のときと一緒だ。

戸惑う水貴の手を、成晃はもう一度握った。

「ずっと好きだったんだ。だから、一度断られたくらいじゃ無理」

「でも……」

「一時の気の迷いなんかじゃないからね？」

「なにおまえ、ゲイなのか？」

黙っていろと言ったのに拓也は口を挟んできた。途端に成晃の表情は不快そうなものに変わった。

「上城さんだって違うだろ？　水貴くんだけだよ」

「へぇ」

拓也はあくまで鷹揚《おうよう》にかまえていた。

客観的に見て、年齢的な立場以外、成晃は拓也に負けていないと思う。性格面では、いいか悪いかの問題ではなく、狡猾《こうかつ》さという点で不利だろうが……。

「腹が立つくらい余裕ですよね」

「昨日今日の関係じゃねぇからなぁ、こっちは。アドバンテージの差ってやつだ」

「僕だって昨日今日の関係じゃない……！」

キッと睨み付けてから、成晃は感情を逃がすようにして息を吐き出した。そうして視線を窓辺に向けた。

なんだろうと、視線を追いかける。そこにあるのはたくさんの写真、あるいは窓の外の景色だけだ。

「水貴ちゃん」

「え……？」

思いがけない呼ばれ方に目を瞠る。成晃にこんなふうに名前を呼ばれるのは初めてのはずなのに、どこか懐かしいような気がして戸惑ってしまう。

重なるはずのない人と成晃が重なって見えたのだからなおさらだった。

「ずっと言えなかったんだけど……僕が、あーちゃんです」

「……は？　え……え？」

そんなバカなと思った。だってあーちゃんはふわふわの金髪の女の子で、水貴の初恋の人で、名前の最初には「あ」が付くはずなのだ。

混乱している水貴の代わりに、拓也が口を開いた。

「どういうことだ、説明しろ」

「だから、僕は子供の頃はああだったんだ」

彼が指さした方向には昔撮った写真があった。

「成長期が来る前は女みたいだったってことか？」

「そう。祖母がドイツ人で、子供の頃はいまより髪の色が明るかったんだ。でも金髪ってほどじゃなかったよ。そのへんはたぶん水貴ちゃんの記憶が曖昧なんだと思う」

写真は光線の加減で金髪のように写ったから、それを眺めているうちに水貴の記憶が改ざんされてしまったのだろう。ありそうな話だった。しかし納得出来ないこともある。

「名前……」

「うちの兄弟は全員頭に成が付くんだよ。成雅《なりまさ》、成晃、成宏《なりひろ》。だから親とかまわりの人たちは、『まーくん』とか『ひろちゃん』とか呼ぶ。僕も『あーちゃん』だった。いまは『晃』

だけど」

「ああ……」

そういうことかと、水貴はぎくしゃくと頷いた。

少なからずショックだった。別に美しい思い出が汚されただの壊れただのと思っているわけじゃない。だが初恋の相手が男の子だったという事実に軽く打ちのめされていた。

あらためて成晃を見つめる。

面影《おもかげ》はあるけれど、やはり気づくというのは無理だろうと思った。

成晃はきれいな顔に苦笑を浮かべた。

「僕だって水貴ちゃんのこと女の子だと思ってたんだよ」

「ええっ？」

「だって女の子にしか見えなかったし」

「確かにな」

思わぬ同意が横から飛んできて、水貴は力なく笑った後、一番近い椅子にぐったりと座り込んだ。

予想もしていなかったカミングアウトは、寸前の告白を吹き飛ばす威力があった。

「何度か言おうと思ったんだけど、女の子だって信じ切ってたから、言えなくて……」

「もしかして藍浜に来たのは水貴が目的か？」

「そうだけど」

「マジか」

拓也は小さく舌打ちした。さっきほど余裕を感じないのは、初恋の相手というアドバンテージがあることを知ったためだった。

水貴は大きな溜め息をつく。

「なんか……ちょっと一人になってくる……」

ふらふらと立ち上がり自室に戻る水貴を、二人とも止めたりはしなかった。ただ二人分の熱い視線ははっきりと背中で感じていた。

成晃《なりあき》の告白を受けた日から、水貴《みずき》の生活は少しだけ変わった。

拓也《たくや》の過剰なスキンシップと口説《くど》きは相変わらずだが、そこに成晃が割って入るようになったのだ。とはいえ成晃のスキンシップは控えめで、せいぜい手を握ってくる程度の可愛《かわい》らしいものだった。

そんな四月の下旬の、ランチ営業も終わった三時過ぎだった。遅い昼ご飯——というには軽いそれを片付けの合間に食べ、なんだかちょっと胃もたれするなと思いつつも、客が帰った後のダイニングルームを掃除していた。

途中、誰かが帰ってきたことは気づいていたが、ガラス戸越しの玄関ロビーを振り返ることもなく掃除を続けた。

真っ昼間のこんな時間に拓也が帰ってくるはずもないし、もし帰ってきたとしたら水貴に一声かけるはずだ。それは成晃も同様だから、無言で二階へ行ったのは錦《にしき》だろうとは思っていた。

けれど、まさかこんな事態になっているなんて、誰が思うだろう。

共用廊下の掃除をしようとモップを手に二階へ上がったところで、水貴は凍り付いたように固まってしまった。

「あ、ああっ……いい……！　そこっ、いいよぉ……っ」

ドア越しにかすかに聞こえてくるのは、どう考えたってよがり声だった。しかもこれは男の声だ。いくら高めの声だとはいえ、女性の声ではあり得なかった。

くらくらして、手すりにつかまった。別に落ちそうになったわけじゃないが、なにかにつかまりたい気分だった。

呆然《ぼうぜん》としたままどのくらい突っ立っていたのか。やがて水貴は我に返り、逃げるようにして自室に飛び込んだ。

「信じられない……」

確かに女性を連れ込むなとは言った。だからといって男を連れ込んでセックスをしていいわけじゃない。そういう目的ならば男だって禁止だ。いや、そもそも誰かを連れてくるという話すら聞いていなかったのだ。

どうやら錦はバイセクシャルだったようだ。噂《うわさ》では女性のことしか流れていなかったようだが、きっとうまく隠していたか急に男にも目覚めたかどちらかなんだろう。

見知らぬ同性の甲高い嬌声《きょうせい》を思い出し、溜《た》め息《いき》をついた。

まさか他人の、しかも男の喘《あえ》ぎ声を生で聞くはめになるとは思わなかった。普通だったら一生なくてもいい経験だったはずだ。

「現場見てないだけマシって思おう……」

頭を振って記憶を脳裏から追い出し、水貴は別の意味でまた溜め息をつく。

「どうやって注意しよう……」

知ってしまった以上は見過ごせない。ここで放置したら、また同じことを繰り返すに決まっているのだ。

さんざんあれこれと考えて、水貴は時計を見て立ち上がった。いつも夕食の準備に取りかかる時間になっていた。錦だってそのサイクルはわかっているだろうから、それまでに例の相手は帰したはずだ。

帰したと信じたい。

そろりと部屋を出て、玄関ホールへ出る。とりあえず余分な靴《くつ》はなかった。

カチャリと上からドアの音がし、ぎくりと身がまえてしまう。恐る恐る振り返ると、やけにすっきりとした顔をした錦が下りてくるところだった。シャワーを浴びたのだと一目でわかる様子で。

「こんちはー」

「……こんにちは」

そういえば顔をあわせるのは二日ぶりだった。一つ屋根の下にいるのに、錦とは毎日会うわけではないのだ。

「そんなとこ突っ立って、なにしてんの？」

「いや、別に……」

錦は不審そうな目をした。短い付き合いのなかでも、水貴がなにもせずにぼうっとしていることはまずないと理解しているのだ。たとえば玄関ホールにいる場合は、掃除道具を持っていたりスリッパを揃《そろ》えていたり、とにかくなにかしている。手ぶらのときは、たんにここを通過する場合がほとんどだ。いまのように、ただ立っているなんて、拓也ですら見たことがないはずだった。

じっと水貴を見ていた錦は、やがてニヤリといやな感じで笑った。不思議の国にいる猫はきっとこんなふうに笑うんだろうな、と思わせる笑みだった。

「もしかして聞いちゃった？」

「な……なにを……？」

「あ、やっぱり。あいつ、声デカイんだよねー。ぶっちゃけ萎《な》える。わりと具合はいいんだけどさー」

「そ……そんなことより！　うちはああいうのダメだから！」

「女連れ込むなって言われたから、男にしたんだけど？」

「どっちもダメ！　それくらい言わなくてもわかるだろ？　校則にないからって、校舎のなかで自転車乗りまわしちゃダメじゃん！　それと同じ！」

「ぶはっ……」

どこがどうツボに嵌《は》まったのか、いきなり錦が吹き出した。

「なに笑ってんの」

「だって、たとえが変……っていうか……管理人さん、おもしろいね」

「ちっともおもしろくないし、管理人さん言うな」

「じゃあオーナー？　なんか違くない？」

「湯原《ゆはら》でいいよ」

「じゃ、水貴ちゃん」

楽しげに笑う錦に、水貴のこめかみがぴくりと震える。完全におちょくっているようだ。会話した意味がない。

「あのねぇ……」

「それよりさ、さっきどうだった？」

「は？」

「俺たちがしてるの聞いて、興奮しなかった？」

じりじりと距離を詰めてくる錦に、同じだけ水貴は後ずさった。錦の顔付きに、とても嫌なものを感じた。

「水貴ちゃんってさ、あの二人に言い寄られてるよね？」

「な……」

「こないだの、聞いちゃった。まぁ、前からあの二人が水貴ちゃんのこと好きってのは気づいてたけどねー」

わかりやすいんだと笑みを深くし、錦は水貴の腕をつかんだ。振り払おうとしても、意外なほど強い力でつかまれて外れない。ひょろひょろと細いばかりではないのだと、こんな形で知るはめになった。

玄関ロビーに置いたベンチチェストに追いつめられ、押しつけるようにして座らされた。もちろん錦も一緒だ。

「で、どっち選んだの？」

「君には関係ない」

「見たとこ、まだ決めてないよねー。焦《じ》らしてんの？　それとも返事しないで、二人とも侍《はべ》らせてご満悦？　そんな顔してビッチなの？」

「ふざけんなっ……」

言葉と同時に珍しく手が出たが、その手が錦の肩を突き飛ばすよりも早く、強くつかまれて阻止されてしまう。

本気でそんなふうに思っているわけじゃないだろう。故意に水貴を怒らせているとしか思えなかった。ただしなんの意味があるのかは不明だが。

まなじりを上げて睨《にら》み付ける水貴を、錦はのん気な顔で眺めている。

やがて「ふーん」とどうでもよさげな声を出した。

「確かに可愛いよね。さっきのあいつより全然いけてる。つーか、よく見たら顔、めっちゃ好みかも」

「どうでもいいからもう離せって」

「えー、やだ。だって見れば見るほど好みの顔なんだもん。なんで最初に気づかなかったかなぁ……って、そういえば、まともに顔見るのも初めてだった」

ああ、そうだろうと、水貴は顔を引きつらせた。目があわない目があわないと感じてきたが、本当にこちらの顔を見ていないとは知らなかった。ふざけてんのかこの野郎、と普段なら絶対言わない言葉を頭のなかで唱え、水貴は錦を睨み付けた。

鋭い視線に晒《さら》されているはずの本人は、どこ吹く風で目を輝かせた。

「そうだ、俺も混ぜて」

「は?」

「二人も三人も一緒じゃん。俺も参加するー」

「な……なに言ってんだよ……」

「大丈夫。俺、うまいから」

寄せられた唇《くちびる》からとっさに顔を背《そむ》けて逃げると、仕方なさそうに耳を噛《か》まれた。びくっと身が震えたのは、感じたわけでもなんでもなく、ただ竦《すく》んだだけだった。べろべろと動く舌先に、ぞわぞわと鳥肌が立った。

気持ち悪い。耳からうなじに唇が移ると同時に、腰《こし》から尻《しり》へと手が撫《な》でてくる。

ダメだ、と思った。

「や、だっ……」

渾身の力でもって錦を突き飛ばし、そのままトイレに駆け込んだ。どうにもならない吐き気が込み上げていた。

実際に吐いたわけではなかったが、言いようのない不快感が拭《ぬぐ》えない。

深呼吸して顔を上げると、鏡越しに唖然《あぜん》とする錦と目があった。

「……あり得ないくらいショックなんだけど……俺、すげー傷ついたんだけど……」

「被害者はこっちなんだけど」

「なんで？　なんかトラウマでもあんの？　もしかしてレイプとか痴漢とかされたことあったり？」

「あるかーっ！」

とんでもない言葉の羅列につい大声を出してしまった。もし二階に誰かいたら、なにごとかとすっ飛んできそうな声だった。

錦は大いに不満そうだ。

「なんでトラウマもないのに吐きそうになってんのー」

「いきなりあんなことされたら気持ち悪いに決まってんじゃん！　なんか今日、胃もたれって言うか、調子悪かったたし。それだけ！」

「えー、だって一号室のイケメンとはイチャイチャしてるのにー。なにそれ、差別？」

「そういうのは差別って言わないしっ」

「じゃあ贔屓《ひいき》だ。ずるい」

「ずるくない！　君と拓也さんじゃ全然違うなんて当たり前だろっ」

きっぱりと言い切った後、水貴は自らの発言にはっとなった。

そうだ、まったく違うのだ。贔屓をしているとかしていないとかではなく、同じようなことをされたというのに水貴の反応は違っていた。拓也にはさっき以上のことを何度もされたのに、気持ち悪いなんて思ったことはなかった。

親しさの違いなのだろうか。あるいは、子供の頃から彼との接触には慣れていたからだろうか。

疑問と同時に、懸念も過《よぎ》った。

あと一年足らずで水貴はある人物の愛人になるかもしれないのだ。こんなことで、果たして愛人が務まるのだろうか。

「ちょっとー、なにトリップしてんの」

「え……ああ……うん」

「うんじゃなくてさー、なんなのやっぱあのリーマンが好きなわけ？」

「好きっていうか……」

相変わらず水貴の気持ちははっきりしない。ただこうやって比較したとき、やはり拓也は特別なのだと実感しただけだ。それは比較対象が成晃であっても同じだ。錦より遥かに親しく、好意も抱いていて、幼なじみで初恋の相手というプラスポイントがあっても、やはり拓也と同じステージには上がれないのだ。

「拓也さん……君の言う一号室の人だけど、あの人が特別なのは確かだよ。子供の頃からお兄さんみたいに思ってきたんだし。身内感覚だし」

現時点で恋だと言い切る自信はないが、拓也が水貴にとって唯一無二の存在であることは間違いなかった。あらためてそう確信した。

「身内って言ってもさぁ、コクられてんでしょー？　自分のこと狙ってるってわかってて警戒心ないとか、もうそれウェルカムってことじゃん」

「……それは……」

「それともなに、やっぱ貞操観念緩いのー？」

「さっきから、ちょいちょい失礼だよね」

ムッとして睨み付けても効果はなかった。錦はへらへら笑いながら、さりげなく水貴の行く手を阻《はば》んでいる。

「いいじゃん。二人とも彼氏にしちゃいなよ。んで、俺も入れて」

「あり得ない。とりあえずそこ退《ど》いて。そろそろ夕ご飯の支度だから」

つまらなそうに鼻を鳴らしつつも、錦はすんなりとトイレの入り口から退いてくれたのだった。

「別にいいけど、なんでここにいるの？」

夕食と、明日のランチの仕込みをしている水貴を、錦はずっとカウンターテーブル越しに眺めている。あの話の後、なぜか彼は水貴についてきて、根掘り葉掘り水貴の事情について聞き出そうとしているのだ。

問われるまま……というわけではないが、あまりにもしつこいので仕方なしに答えることにした。錦には同性愛への抵抗がないし、答えない限り質問攻めが続くことが容易に想像出来たからだ。

「それで、王子さまも断ったってこと？」

「そうだよ」

初恋の「あーちゃん」であったことは内緒にしておく。成晃が嫌がりそうだと思ったからで、ペンション時代の客で幼なじみと言えるとだけ説明した。

「けど二人とも諦《あきら》めてないんだよねぇ？」

「みたいだね」

「ふぅん……正直、あんたのなにが、そんなに魅力的なんだかわかんないんだけど」

「俺だってそう思うよ」

別にこんなことで傷ついたりはしない。事実だと思うからだ。

水貴はなにか特別なものを持っているわけじゃない。母親は美人と評判で、その彼女に似ているのだから容姿は悪くはないはずだが、男としてどうかと言われたら疑問がある。特技は料理だが、プロのレベルで言えば普通だろう。性格がとてもいいとか優しいとかいうならまだしも、これもだいたい普通だと水貴は思っている。別に悪いとは思っていないが、人から取り立てて「優しいよね」と言われたこともなかった。

「ほんと……わかんない……」

「あれかな、胃袋つかまれちゃったとか？」

「うーん……」

実に納得出来る話だが、そうではないらしい。あの二人に言わせると、料理はプラス要素のほんの一部でしかないという。

急にふと疑問が湧いた。

「あれ、でも君、俺の料理食べたことないよね？」

「ないよ。けど、あんだけ毎日ランチに来てんだから、美味《うま》いんじゃないのー？」

「知ってたんだ……」

ランチタイムは部屋から出てこないか出かけているかなので、錦はランチ営業をやっているという事実しか知らないと思っていた。

「あ、こらっ」

気がつくと錦の手が伸びてきて、漬けたばかりのキャベツの酢漬けを食べられてしまった。直接手で摘《つま》んだことに、水貴は目を瞠《みは》った。

「あー、美味ーい。まだ全然漬かってないけど」

「当たり前だよ……！　っていうか、直接とか信じらんないっ」

ぷりぷり怒って、水貴は錦が指を突っ込んだ一角をごっそり掬《すく》って皿に移した。どこ吹く風で、錦は指を舐《な》めている。

行儀が悪いどころの話ではなかった。

「それどーすんの」

「は？」

「捨てるならちょーだい。なんか腹減っちゃった。なんかほかに余りもんとかないのー？　ランチ完売？」

「おかげさまで完売ですが」

ムッとしながらも水貴は皿と箸《はし》を突きだした。処理に困る代物なので、食べたいというならば食べさせてしまえと思った。ただしほかには出してやるものかと心のなかで呟《つぶや》く。

わーい、と言いながらキャベツを食べ始めた錦は、箸の持ち方が変だった。むしろよくそれでものがつかめるなと感心するほどに。

「……箸の持ち方、おかしい」

「それがなに？　別に不自由してないしー」

「余計に子供っぽく見えるよ」

「なにそれ余計って。俺のどこが子供っぽいんだよ」

「いろいろ」

見た目はともかく、言動はもうじき二十歳《はたち》になるとは思えないのだ。自由闊達《かったつ》と言えば聞こえはいいが、彼はただわがままで好き勝手にしているだけだ。話せば話すほど、同じ年だとは思えなくなってくる。

「ふーん、まぁいいけど。それよりさ、今日から俺の分もよろしくー」

「はい？」

「夕飯。夜だけでいーや。朝はどうせ起きてないし」

「え、ちょっ……」

「今日のメニューなに？」

錦は水貴の困惑など意にも介さず、勝手に話を進めている。まだいいともなんとも言っていないのに。

実際のところ、問題はなかった。メニューは決まっているが、明日のランチにも流用する予定なので材料はたっぷりあるからだ。

「メインはおから入りハンバーグだけど……」

「なにそれ。おからなんて入れて大丈夫なわけー？」

「一部だから」

主張しない程度に入れるので、人によっては気づかないだろう。だが確実に嵩《かさ》ましになるし、おから自体が地元の豆腐店からタダでもらったものなので、コスト的にありがたいのだ。ついでにカロリー的にも。

「あー、ハンバーグだからタマネギがゴロゴロ置いてあんのか」

傍《かたわ》らの山盛りタマネギを見て錦は納得していた。邪気ないその態度に、水貴は早々にいろいろなことを諦めた。

「わかった。夕食は七時だから。来ても来なくても、用意しとくからね。冷める前に食べたかったら時間守って」

「はいはい。超楽しみー。っと、じゃあね」

錦は水貴がタマネギを手にしたのを見て部屋に戻っていった。どうやら刻むときに目の前にはいたくないらしい。

ようやく静かになったキッチンで、水貴は溜め息をついた。

それから大量のタマネギをみじん切りにして、ちょっと泣きながら下ごしらえを全部終わらせた。

作ったタネを冷蔵庫で寝かすあいだに、水貴は庭の手入れに出た。手入れというよりは、家庭菜園じみたものの世話がメインだが。

先日蒔《ま》いたハーブの芽を確認し、新たな種を蒔いていく。先日はバジルとローズマリーで、今回はミントだ。いずれも料理に使えるものばかりだ。

「やっほー庭師ちゃん」

三号室の窓から錦が顔を出し、ひらひらと手を振っていた。

「……ヒマなの？」

「うん」

「じゃあ手伝ってよ」

「やだよ。土いじりとか無理ー」

「ああ、そう」

最初から期待していなかったので、あっさりと頷いてまた下を向いた。

「ねぇねぇ、なんでそんな働くわけー？」

「……質問の意味がわかんないんだけど」

「庭なんてどーだっていいんじゃん。花なんて勝手に咲くじゃん？」

「勝手に咲くのもあるけど、そうじゃないのもあるんだよ。それにいまやってるのは、ハーブ系。料理に使うやつ」

「マジで。なにそれ自給自足？　ウケるー」

なにがどう「ウケる」のか、まったくもって意味不明だった。話すだけで疲れてしまいそうで、水貴は無視して作業を続けた。

しきりに上から話しかけてきたものの、水貴はその八割方を無視した。いちいち返事をするのもバカバカしい言葉が多かったからだ。

やがてスマホに着信かなにかあったらしく、錦の声が途切れた。その隙に水貴は作業を切り上げて家に戻ることにした。

錦が階下へ来ることはなかった。

プライベートエリアに戻り、しっかりと施錠する。これはペンション時代の名残《なごり》で、家族の空間を保つためと、防犯上のものだった。亡くなった父親はおおらかではあったが、慎重さも備えた人だったのだ。ちなみにキーを持っているのは水貴と拓也のみだ。これは水貴の意思ではなく、なにも知らない母親が「水貴をお願いね」と言いつつ自分のキーを拓也に渡したためだった。

「めっちゃいい笑顔で受け取ってたもんなぁ……」

告白された後、一応キーを返してくれと言ってみたのだが、もちろん断られた。拓也のことは信用しているので、水貴もあまり強く言わなかった、というのもあるが。

自室に入り、ベッドで横になった。やはり少し体調がよくないようだ。疲れが溜まっているのかもしれない。

「ちょっと寝よ……」

目を閉じると、すうっと意識が沈み込んでいく。半分寝ぼけつつ、なんとか一時間後にタイマーをセットしたところで、完全に眠りに落ちてしまった。


あれほど時間を守れと言ったのに、七時を過ぎても錦は下りてこなかった。

「先に食べてて。ちょっと呼んでくる」

四人分の食事を並べた中央のテーブルには、錦を除く三人が着いていたが、水貴はやれやれと溜め息をつきつつ立ち上がった。

「放っておけばいいんだよ」

「そうそう。もし来なくても、料金はもらってるんだし」

「ちょっと声かけてみる。今日だけ」

本当に今日だけだ。そこまで面倒を見るつもりはなかった。

「ガキの躾《しつけ》はおまえの仕事じゃねぇよ」

「うん。わかってる」

「別料金が発生するよね。犬の躾にだってお金払うんだから」

きれいな笑顔で成晃が毒を吐いた。彼は錦には辛辣《しんらつ》で、いままで聞いたこともないようなことを口にするのだ。

「あーちゃん、なかから黒いのはみ出てるよ」

「ああ、いけない。そんなことはともかく、これ美味《おい》しいね。さっぱりしてる」

「ありがと。パサついた感じしない？」

「大丈夫だよ」

「よかった。じゃ、ちょっと行ってくる」

ハンバーグを褒《ほ》められたことに礼を言ってから、水貴は二階へ行った。三号室の前に立ち、ノックをする。返事はなかった。

これは寝ているパターンか。もう一度ノックしながら声をかけるが、やはり返事はなかった。

「入るよ？」

そっとドアを開けると、にゅっと手が伸びてきて腕をつかまれた。そのまま水貴は部屋になかに引っ張り込まれてしまう。

声を出す間もなかった。

ドアが閉まり、そのドアに水貴は押しつけられる。間近には、してやったりの顔をした錦がいた。

「やったー捕獲成功」

「……なにしてんの」

相変わらずノリがよくわからない。身体《からだ》の両側に手を突かれて閉じ込めるような形にされて、脚のあいだに膝を押し込まれた。

「ねぇねぇ、さっきのこと考えてくれた？」

「なんの話？」

「だからー、俺も入れてーって話。すごーい水貴ちゃんモッテモテー」

「…………」

「なにその冷たい目」

自覚なしに冷ややかな態度を取っていたらしい。水貴は落ち着いている自分に安堵《あんど》していた。やはりさっきの吐き気は、体調の悪さが大きな要因となっていたようだ。一時間でも眠ったことで、かなりよくなっている。

「そういうのは、いいから。参加するのは勝手だけどスルー決定だからね」

「大丈夫」

「なにが？」

「じゃあキスしよ？」

「会話してよ！」

流れがおかしいと、水貴は眉《まゆ》をつり上げる。これはマイペースなんてものではなく、ただ人の話を聞いていないだけだ。

故意に人の神経を逆撫でしているのか天然なのか、錦は首を傾げているだけだった。だから水貴は自分の考えを、そしてスタンスをはっきりさせようと思った。

「あのね、俺は好きな人でなきゃ嫌なの！」

「えー俺はダメー？」

「うん」

「なんでー？」

心底不可解、というその態度が、むしろ不可解だった。どれだけ自分に自信があるんだと問い詰めたくなる。

溜め息をつきたいのを堪《こら》えて言った。

「だって俺は君のことよく知らないし、知ってる分だとほぼマイナスだよ。正直、プラスのとこがほとんどない」

「ひどーい。俺だっていいとこ、いっぱいあんのに。じゃあさ、これから知ってよ。ほんと、いっぱいあるから」

「まぁ、一つや二つあるだろうね。むしろない人間のほうが珍しいと思うけど」

「可愛い顔して、きつい系？」

「普通だよ。とにかく、知ったからって君を好きになることはないよ。親しくなることはあるかもしれないけどね」

ようするに友達にしかなる気はない。男同士なのだから、これが当たり前の反応だろう。

「ふーん……それってあの男前が好きだから？」

「……ノーコメント」

「それとも王子さまのほう……じゃないよね、どう見ても」

ぶつぶつ呟いている錦を押しのけて、囲いから抜け出した。本気でどうこうする気はなかったようで、簡単に離れていった。

そこで初めて、水貴は部屋の惨状に気がついた。

「汚っ……」

足の踏み場がない、とまではいかないが、その寸前であることは間違いない。家具の上には、うっすらと白い埃《ほこり》が積もっていた。

「えーそう？　まだいけるよ？」

「ちゃんと掃除しなよ」

「めんどくさーい。あ、そうだ。あんたやってよ。金払うし」

「そういうオプションはありません。自分の部屋は自分で掃除するのがルールです」

即座に断ると、錦はムッとした。

「客のニーズに応《こた》えるのが客商売ってもんじゃないのー？　金払うって言ってんだから、言われた通りにすればいいじゃん。使えないなぁ」

さすがにカチンと来た。人より沸点は高いし、滅多なことでは切れないのだが、いまだけは振り切ってしまえと思った。

「座れ」

自分で驚くほど低い声が出た。きっと目は据わっていることだろう。

「え、あの……水貴、ちゃん……？」

「しゃべんな。いいから、そこ座れ」

びしっと床を指さすが、錦は床を見るだけで棒立ちのままだ。思わず大きな溜め息をつくと、びくっと肩が震えるのがわかった。

水貴は自分より高い位地にある肩をつかんでぐぐっと下へと押してやる。どう考えても力負けなんてするはずもないのに、錦はおずおずと従い、床に膝を突いた。

「正座」

「あっ、はい……」

言われるまま、錦は長い脚を曲げて座った。正座なんて滅多にしたことはないらしく、とてもぎこちなかった。ちらちらと上目遣いに水貴の顔色を窺《うかが》い、さっきまでの態度からは想像も出来ないほど挙動がおかしかった。意外と打たれ弱いのかもしれないな、と思った。

「別に説教する気はないから」

「え？」

意外そうな顔だった。むしろ「なんで？」と言わんばかりで、水貴は怪訝《けげん》な表情になってしまった。

「人に説教出来るほど偉くないし。俺が使えるか使えないかも、どうでもいいよ。けど、ちょっとだけ忠告としとく」

「忠告……？」

「さっきみたいなやり方って、無駄に敵作るだけだよ。っていうか、君ってわざと相手を不快にさせようとしてんの？　それともナチュラルにやってる？」

錦は困惑気味で目を泳がせていた。どうやら後者——自覚もなくあんな態度を取っていたらしい。

水貴は大きな溜め息をついた。

「そんなんじゃ、そのうち君の顔とお金目当ての人しか残らなくなるよね」

実家が裕福なのは、これまでの経緯で明らかだ。持ちものだって高価なものが多いし、実家の住所も都内の一等地だった。

だがそれは錦が横暴になる理由にはならない。ここでの立場は一下宿人だ。拓也や成晃となんの違いもない。客だからといって好き放題していいわけではないだろう。客である前に人としての素養の問題だ。

「まぁ……よく言えば、正直なんだろうけど」

別の言い方をすれば「子供っぽい」のだ。過去の振る舞い——寮にいた頃の振る舞いを聞くだけでもそう判断できる。その場を取り繕《つくろ》うとか、口と腹が違うとかいったこともないらしい。

「褒めてる？」

「全然褒めてない」

きっぱりと言い放つと、錦は目に見えてしょぼんとした。

ますます理解不能だ。錦が水貴になにを期待しているのか、さっぱりわからなくて首を傾げる。

「……ところで君って、バイトしてたっけ？」

「え？　いや、してない……けど」

「したことは？」

「……ない」

「ふぅん……」

冷たい声になっていることは自覚していた。故意にそうしたわけじゃなく、自然とそうなった。

普段の錦からへらへら笑いながら口答えしてくるはずだが、いまの彼では無理そうだった。

「つまり、君は自分で稼《かせ》いだこともないのに、親からもらった金で、当たり前みたいに札びら切ろうとしてたんだ？」

「えっと……」

「うん、ごめんね。そういうの嫌いっていう個人的な感情なんだ。別に君に共感しろとも直せとも言わないよ。ただうちのルールは守ってもらうから。ルールがあるの承知で入ったんだから、当然だよね？」

出来ないと言うならば、ここでの生活を諦めてもらうしかない。契約を交わしているのだ。こちらが一方的に妥協する理由はなかった。

「そ……掃除、したことない……」

「うわ……」

「掃除用具もないし……」

そこからなのか、とまた溜め息をついてしまった。思っていた以上に手がかかる。だがこのまま放置するわけにもいかなかった。錦がいるのは、水貴の家の一角なのだ。掃除をせず何ヵ月も経過する事態になったらぞっとしない。

「わかった、教える。明日の午前中……九時くらいからの予定は？」

「あ……たぶん寝てる」

「起きて。最初だけ一緒にやるから、ちゃんと覚えるんだよ？」

いくらなんでも一時間あれば終わるはずだ。この一部屋だけならば、十分だろう。

「じゃあ下に行こう。もうハンバーグ冷めちゃってると思うけど」

「う、うん」

錦はよたよたと立ち上がり、おぼつかない足取りで水貴について来た。あんな短い時間で足が痺《しび》れたようだ。

ダイニングに戻ると、二人はもうほとんど食事を終えていた。それでも普段より遅いのは、水貴たちの様子を気にしていたせいだろう。

二人はじっと水貴を、そして後ろに立つ錦を見ていた。

「超アウェイなんだけど……」

ぼそりと呟かれた言葉は水貴の耳にしか届いておらず、先住の二人の雰囲気が和《やわ》らぐことはなかった。

「温め直すか？」

「ううん、いい」

拓也の申し出を、やんわりと断る。

料理は温《ぬる》くなっているが、冷たいわけじゃない。それに冷めたところで十分に美味しく出来ているはずなのだ。

錦に用意した席は、隣には成晃、正面に拓也という場所だ。あえて自分から一番遠いところにしたことに、大きな意味はなかった。親しさの問題だ。

「箸用意したけど、ナイフとフォークのほうがいい？」

「ちょーだい」

味噌汁《みそしる》もあるのだが、箸を使う気はないようだった。ナイフとフォークをセットで渡し、水貴は着席した。

「いただきます」

「……いただきます」

無言で食べ始めるかと思ったが、さすがに水貴が言った後なので復唱した。まずは及第点というところだ。

「時間がかかったな」

箸を置いた拓也の問いに、水貴は頷いた。多少迫られたような場面はあったが、黙っていればいいことだ。別の話をしていたほうが長かったのだから、嘘《うそ》をつく必要もない。

「平塚《ひらつか》くんの部屋が汚くて、掃除するしないで、ちょっと……」

「まさか、したくないなんて言ってるの？」

成晃が眉をひそめ、露骨に不快感を示したが、言われた錦はどうでもよさそうな顔でハンバーグを切って口に運び、途端に目を輝かせた。

「美味い」

「ありがと。一応聞いておくけど、好き嫌いは？」

「んーと、嫌いなのはピーマンと生のセロリとゴーヤ」

「ああ……典型的……」

子供が嫌いな野菜の、しかも上位に入るものばかりだった。こんなところまで子供っぽいのかと笑いそうになってしまう。

「あと、食べられるけど好きじゃないのが、三つ葉とかシソとかー」

「パクチーもダメ？　いや、うちではまず出ないけど」

「あー無理無理」

どうやら癖の強い野菜が苦手なようだ。だがこれは想定の範囲内だった。錦はいかにも偏食がありそうだと思っていたし、挙げたものの半分以上は普段食卓に上がらないものだった。困るのはピーマンくらいだろう。

「……ほかの人はないのー？」

「特殊なもの以外ないな」

「僕も偏食と呼べるようなものはないよ」

「えー……」

なにが不満なのか錦は口を尖らせている。先住の二人が観察するようにさっきから彼を見ているが、気づいていないのか、気にしていないのか、錦は次から次へと料理を口に入れていく。ずいぶんと早食いだ。

そうして水貴よりも相当早く食べ終えた。

「んー、満足」

「足りた？」

「うん」

「お茶は自分でどうぞ。冷たいお茶ならピッチャーに入ってるよ」

「あー、いいや。俺お茶とかあんま飲まないし。えーと、ごちそうさま？」

なぜか語尾を上げて錦は席を立とうとする。それを止めたのは成晃だった。その表情は少し厳しかった。

「食器、カウンターまで持っていくのがルールだよ」

「あー、そうなの」

ちらりと水貴の顔を見るので、大きく頷いた。すると面倒くさそうにしつつも食器を重ねてカウンターに起き、そのまま自室に戻っていった。

思っていたよりは平和な食事だった。錦はよくも悪くも食べることに夢中だったし、先住の二人もおとなしくしていたからだ。ただし穏やかだったとも言えない。二人の目はかなり冷ややかだった。

「大丈夫？　あれ」

「まぁ、たぶん」

あれでも素直なところがないわけじゃない。どう対応していったらいいのかはまだ手探り状態だが、とりあえず毅然とした態度を取ることが重要なのはわかった。

やがて成晃は食器を下げて、自室に戻っていった。ちょうど電話が入ってしまったらしく、ダイニングルームを出たところで話し始めたのが聞こえた。すぐにそれは遠ざかっていったので、そのまま部屋に戻ったようだ。

ようやく水貴も食事を終えた。すると待っていたように、拓也は自分の食器とあわせてキッチンに持っていき、シンクにつけた。

「俺が洗うから、コーヒーいれてくれ」

「わかった」

ただ手伝うと言えば水貴が遠慮すると知っていて、拓也はコーヒーを要求したのだ。ペンション時代にさんざん手伝っていた彼は、洗いものも慣れたものだった。

「で、なにかあったろ」

「え？」

「ちょっと様子がおかしいんだよ。正確には、おかしかった……だな」

「……普通にしてたつもりだったんだけど……どうおかしかった？」

「あのガキ……平塚だっけ？　あいつ呼びに行くとき、妙に身がまえてた」

「あー……」

自覚はなかったが、確かに余計な力が入っていたかもしれないと思った。昼間のことが頭に残っていたせいだろう。

さすがは拓也だ。よく見ている。

「そのへんは、まぁ……住人のプライバシーに関することだから、拓也さんには言えないんだけど……」

もったいつけた言い方でごまかした。襲われるというほどのことではなかったが、とても嫌だったのは確かだ。拓也と成見は真剣だから水貴も相応の受け止め方をしているが、見た目の問題で性的な対象にされたことは、幾ばくかの影を落としていた。なにも傷ついたわけじゃない。だが矜持《きょうじ》は悪い方向にひどく刺激された。

包み隠さずに打ち明けたら、拓也の錦への印象は地に落ちるだろう。ただでさえ歓迎している様子はないのだし、住人同士の不和は避けたいところだ。

「やっぱり手がかかりそうだなと思って」

錦の態度は幾分よくなったが、どこまでが本心かはわからないのだ。あるいは気まぐれに、いつまた豹変するかもしれないとも思えてしまう。毅然とした態度で臨むことは決めているものの、それ以外はさっぱりだ。

心を重くしていることはまだある。からかいまじりに錦が言ったことが、頭から離れていかないのだ。

「まぁ、いろいろあるんだよ」

「そうか」

苦笑するだけで拓也はそれ以上なにも言わなかった。


日曜日だけは、水貴の仕事はすべて休みになる。

ランチ営業はもちろん、下宿屋の仕事もなしだ。住人たちは各自で食事を取り、緊急事態以外で水貴が動くこともない。

朝早く起きなくてもいい日なので、水貴はベッドのなかでとろとろとまどろんでいた。一度目が覚めてしまったのだが、せっかくなのでもう少し寝ていようと思ったのだ。

「水貴」

だがそのまどろみは、優しげな低い声によって終わりを告げた。

「……な……に？」

目を開けると、拓也がいた。ベッドに腰かけて、水貴の顔を覗《のぞ》き込みながら髪を撫でているところだった。

「おはよう」

「うん、おはよ……」

昨夜、しっかりと施錠したはずなのに……と思い、はっと気がつく。そうだった、拓也もキーを持っているのだ。

水貴は首を振って拓也の手から逃げた。

「勝手に入ってくるのはダメだろ」

「用事があったんだよ」

「電話かメールでいいじゃん。合鍵は緊急用だってば」

それでも危機感はなかった。キーを持っていれば寝込みを襲うなんてたやすいが、それはないだろうと信じている。

「いい天気だぞ。出かけようぜ」

「は？」

「俺もオープン前、最後の休みなんだよ。オープンしたら、しばらくフルでは休めそうもないからな」

五月の連休前にオープンする〈ナスタ藍浜《あいはま》〉は、各店舗でオープンセールを実施することもあり、かなりの人出が予想されている。おそらく連休が明けるまでは目が回るような忙しさになるのだろう。

「どこ行くの？」

「ちょっと遠出。メシ食って遊んで……気分転換だな」

拓也は車のキーをチャラリと振った。

「久しぶりかも……」

「だろ？　顔洗って着替えな。朝メシは途中で食おう」

ぽんぽんと頭を撫でてから拓也は部屋を出ていった。律儀《りちぎ》に施錠しているのが、なんだか少しおかしかった。

水貴はすぐに起き上がり、手早く着替えてから顔を洗った。持っていくものは財布とスマホくらいだ。用意は五分もしないうちに終わった。

玄関ロビーに面した、プライベートエリアへと繋《つな》がるドアに〈外出中〉のプレートをかける。なにかあれば電話がかかってくるだろう。

待っていた拓也と一緒に駐車場へ行き、車に乗り込んだ。たまに乗せてもらうことはあるが遠出は初めてだった。

どこへ行くのか教えてもらえないまま、藍浜を離れる。思えばこの町から離れること自体が久しぶりだった。

「三年ぶりくらいかも……」

「うん？」

「県外に出るの。修学旅行が最後だった気がする」

「マジか」

さすがに驚かれてしまったが、悲しい事実だ。遊びに行ったり旅行をしたりということはなかったし、親戚と呼べるものもいないから、冠婚葬祭でどこかへ行くということもなかったのだ。

「おまえその年でどうかと思うぞ」

「うん。自分で言ってて、ちょっと思った。俺って、行動範囲がものすごく狭いよね」

「友達はどうした、友達は」

「バイトがあるからって何回も断ってたら、あんまり誘ってもらえなくなっちゃって」

「ああ……」

それでも数回に一度は声をかけてくれたのだが、当時の水貴は自分の——家のことで手一杯で、とても遊びに行く余裕はなかった。時間的にも精神的にもだ。それでもたまに誘ってはくれたが、どんどん機会は減っていった。卒業後、大半の友達は進学や就職で藍浜を離れたし、電車で通っていた高校で出来た友達とも交流はなくなって、いまでは地元に残っている数少ない友達が、ランチを食べに来てくれる程度の付き合いになってしまった。

「自分から連絡するほうじゃないしさ」

「なんでしないんだ？」

「普段の日は忙しいし、休みの日はぼーっとしちゃってるから……なんか自分から遊びに行こうっていう気力がないんだよね」

「連れ出されて迷惑か？」

「全然！　言ったじゃん、自分からはないって。誘ってくれたら、断らないよ」

友人たちは水貴の現状を知っていて、かなり遠慮しているようだし、それぞれ別の交友関係があるので、あえて水貴を誘わないのだろう。

いずれにせよ、水貴の世界はとても狭いのだ。

「土曜日も休みにしていいんだぞ」

「それはマズいよ。最初っからそうならともかく、途中からは……まだ二ヵ月もたってないんだし」

「平塚がいなきゃなんとかなったんだけどな。瀬戸《せと》もおまえを休ませるためだって言えば喜んで協力しそうだしな」

十分にありえそうで苦笑いを浮かべてしまう。どのみち現状を変える気はなかった。気力も体力もいまのところ充実しているし、最低でも半年くらいはやってみないことには変えるのにも抵抗があった。

「いまのとこ、大丈夫だよ」

「将来的にはレストランメインで行くのもいいんじゃねぇか？　客室空けとくのが嫌だってなら、住人の面倒は見ないで、食いたいやつは客として普通に食うようにするとかな」

「まぁそれもありかもね」

その頃、拓也がそばにいてくれるかどうかはわからない。会社から別の施設へ出向しろと言われれば従うのが会社員というものだろう。先月、異動の話が出たら辞めるようなことを言っていたが、さすがにあれは冗談に違いない。

もし異動になったら、遠距離恋愛ということになるのだろうか。

ぼんやりとそこまで考えて、はっと我に返る。

なぜ受け入れる前提のことを思い描いたのか。身内として見てしまうから、恋愛的な意味では無理、という状態だったはずなのに。

「どうした？」

「や……なんでも……」

「腹減ったな。そろそろ朝メシ食うか」

藍浜からは少し離れ、海沿いの道に入っていた。浜という時が入っているくせに、藍浜は海からは離れた町なのだ。こうして海を見ることも久しぶりだった。

朝食を提供する店がある道の駅に入り、朝から少し贅沢をした。漁師さんが朝獲ったばかりの新鮮な魚介類を使った定食だ。

「安い食材あったら買って帰ろ」

「仕事は頭から追い出せよ」

「無理だよ。食べてるときは特に無理。気がつくと研究モードに入っちゃうし」

盛り付けや味付け、あるいは素材が気になって仕方ないのだ。料理人でも作る立場を忘れて食べることに専念できる人もいるかもしれないが、水貴には無理だった。

それでも朝食を楽しみ、朝市を覗いて野菜を買ってから、ふたたび車で走り出した。

どこへ行くのかは聞いていないが、途中で看板が見えて気がついた。

「あ……もしかして……」

昔、一度だけ行ったことがあるアミューズメントパークだ。藍浜にあったものとは違い、いまでもそこそこ人気があって行楽シーズンにはかなりの客が来ると聞いていた。体験型の牧場があるのも人気の秘密だろう。

「懐かしい……」

「だろ?」

「あれって何年前だっけ……俺、まだ小学校の低学年くらいだったよね？」

「確かな。俺も小学生だったし」

十年以上前のことだ。両親はペンションのために休みが取れず、水貴は小さな頃から休みの日にどこかへ連れていってもらうということがほとんどなかった。それを可哀想に思った拓也の両親が、なにかと水貴を遊びに連れ出してくれたのだ。出先では当然のように水貴も込みで家族だと思われたものだった。

「すっごいお世話になったよなぁ……」

拓也の両親に最後に会ったのは、父親の葬儀のときだった。わざわざ藍浜まで来てくれたのだ。

「おじさんとおばさん、元気かなぁ」

「あの人たちは元気あり余ってるよ」

「そっか」

広い駐車場に車を停め、ゲートまで歩いていく。休日ではあるが大型連休の前だからなのか、思ったよりも人は多くなかった。しかも客層は家族連れかカップルだ。いい年をした男が二人なんてほかには見当たらなかった。

「浮きそう……」

「大丈夫だろ。まぁ、なにか思われたところで地元じゃねぇしな」

「旅の恥は掻《か》き捨て、みたいな？」

「そうそう。なんだったら手を繋いでもいいぞ」

「さすがにヤバいって。っていうか、ここでなにすんの？　さすがに乗りものとかはパスなんだけど」

園内にはちょっとした遊園地のようなものもあるが、明らかに対象年齢が低い。大人だけでいていい場所じゃなかった。ウサギなどの小動物を抱いたりするのも、当然子供が基本だ。大人がいてもほぼ保護者だった。

「別になにもしなくていいだろ。散歩して、メシ食って……釣《つ》りでもするか？　確か釣り堀あったろ」

「あったね。でもあれ、釣った分だけ買い取らなきゃいけなかったような……」

子供心にも強烈に覚えていた。釣り竿《ざお》のレンタル代は高くないのだが、生け簀《す》には餌《えさ》を制限された魚が山ほどいて、誰でもすぐに釣れるようになっていた。そしてテンションが上がった客が後先考えずに釣ってしまうと、その分の料金が発生するのだ。

「入れ食いだったな」

「二人であっという間に十四以上釣っちゃって、おじさんたちすごい払うはめになっていたよね」

思い出すだけで申し訳ない気持ちになってしまう。自分で稼ぐようになってなおさらそう感じるようになった。

「懐かしいな。まぁ、どっちでもいいぞ。花でも見ながら、ぶらぶらするだけでもいいだろ」

「うん」

広大な敷地には、大きな花壇がたくさんあり、遠目にも鮮やかに咲き誇っている。規模が大きすぎて、花壇というよりは花畑と言ったほうが相応《ふさわ》しいだろうか。その合間を縫《ぬ》うように広い道が縦横無尽に走っており、丘の向こうには有料のアトラクション施設が見えている。目立つのは観覧車だ。そう大きくはないのだが、立っているのが丘の上なので見晴らしはよさそうだ。

「昔、あれに乗ったよね」

「乗ったけど、おまえ最初から最後まで目ぇつむってただろ」

「だって高いの無理」

高いところもスピードのあるものも昔から苦手なのだ。そしてゲームなどで体験した限り、3Dも大変苦手だった。画面を見ていると目の前がくらくらし、吐き気までするくらいだ。水貴には金を払ってまで絶叫マシンに乗る人の気持ちが心底わからない。もちろん拓也もそれは知っているから、遊園地は避けたのだろう。水貴の苦手なものを除いたら、大抵の施設では小さな子供向けの乗りものになってしまうからだ。

「別のテーマパークとかのほうがよかったか？」

「そんなことないよ。どっちみち乗りものは乗らないし、だったら庭園とか見てられるほうがいい。混むのも待つのも嫌だし」

気が短いほうではないが、並ぶのはあまり好きではないのだ。なにより人混みが苦手なので、人気がありすぎる場所は遠慮したかった。その点ここは広いので、人いきれに酔うということもない。

「怖がりだもんな」

「そんなことないよ。お化け屋敷は平気だし」

「へぇ、それはそれは」

拓也の声に笑みが含まれているのを感じ、隣を歩く彼を見た。

「……なにそれ」

「いや、大人になったんだなと思ってさ。ガキの頃は、一人で寝られねぇほど暗がりがダメだったのにな」

「それ小学校低学年の頃までだよ」

「幽霊はダメだったろ？」

「……それも小学校まで。中学になる頃にはもう平気でしたー」

思えば水貴が経験した娯楽は、大抵拓也が絡んでいた。お隣さんだったときはもちろん、引っ越していった後も、長い休みのたびに来ては手伝いの合間に水貴を遊びに連れ出してくれた。町には娯楽施設があまりなかったから、電車で近くの町の繁華街まで行って、映画を見たりゲームセンターで遊んだりした。初めてカラオケをしたのも拓也と一緒だった。

水貴たちの横を、幼稚園くらいの男の子が走り抜けていき、慌てて母親が追いかけていく。そんな光景がそこかしこで見られた。水貴があれくらいの年齢のときは、親が心配するほどおとなしい子供だったけれども。

「そういえば遊びに行った記憶って、ほぼ拓也さんとだよ」

「マジか」

「うん。ヤバい、俺の人生って拓也さんなしだと成り立たない」

水貴は笑いながら言うものの、拓也はなにやら複雑そうな顔をしている。身内として思うところがあるようだった。

やがて大きな溜め息が聞こえた。

「独占欲出しすぎたな」

「え、あれって独占欲だったの？　兄弟感覚じゃなくて？」

「……引くなよ？　俺な、おまえが生まれる前から、おまえは俺のもんだと思ってたんだわ」

なにを言われているのか、すぐには理解出来なかった。

「はい？」

足が止まってしまった水貴を、何人かの客たちが追い越していく。なかには怪訝そうな顔をしているものもいた。

嘆息し、拓也は水貴の手を引いて脇へ寄った。道は広々としているし、細い脇道も多い。場所さえ移れば問題はなかった。

「ど……どういうこと？」

「だから引くなって。なんだよ、おばさんから聞いたことないのかよ」

「なんのこと？」

母親が絡んでいるらしいと知って水貴はますます混乱した。しかも自分が生まれる前のことだと言われたのだ。

「あそこのベンチまで行くぞ」

「あ……うん」

木陰《こかげ》のベンチを示されて頷く。往来での立ち話よりも、少し引っ込んだところで座ったほうがゆっくりと話せそうだ。

ベンチに落ち着くと、拓也は語り始めた。

「おまえが生まれる何ヵ月か前……おばさんの腹が目立つようになった頃だったな。女の子だったら、俺を婿《むこ》に欲しいって言ったんだよ」

「え……婿？」

「ああ」

普通は嫁にもらって欲しいなどと言うものではないだろうか。天然なのか、あるいは拓也を欲しいという意思表示なのか、息子の水貴にも許れないことだった。

「まぁとにかく、四歳児の俺はすっかりその気になっちまったわけだ。生まれたのが男だって聞いて、マジでがっかりした」

「はぁ」

「ガキの頃は、おまえが女の子だったら……ってよく思ってたんだが、引っ越した後くらいに、別に男でもいいだろ、って開き直ったんだよ」

「ああ……」

少し遠い目になってしまったのは仕方ないだろう。まさか二十年前から始まっていたなんて、しかも自分の母親の一言がきっかけだったなんて、思ってもいなかったのだから。

「刷り込みって怖いね」

「それだけで男を嫁にしようとは思わねぇよ。性格とか見た目とか、全部ひっくるめて、おまえだからだろ」

「っ……」

さらりと恥ずかしい言葉を吐く拓也を直視出来ない。きっと顔は真っ赤になっているはずだ。

ごまかすように顔を背けると、拓也は少し離れたところにある自動販売機で、飲みものを買ってきた。水貴はそれを飲みながら、ぼんやりと人の流れを見た。

ベビーカーを押した父親と、三歳くらいの女の子と手を繋いでいる母親。幸せそうな家族が通り過ぎていくところだった。

じっと彼らを見送った後、水貴は口を開いた。

「俺ね……自分の将来……結婚とかそういうのって、全然想像できなかったんだけど、拓也さんのはよく想像してたんだ」

拓也はなにも言わず、視線だけ向けてきた。

「きれいなお嫁さんもらって、拓也さんそっくりの男の子が生まれて、みんなで藍浜に遊びに来てくれるかな……とかさ。そのためにはペンションずっと続けなきゃって」

そのビジョンはすでに崩れてしまっている。〈花みずき〉はペンションではなくなってしまい、拓也は水貴をパートナーに求めた。拓也に告白され、恋人にも望まれていることは嬉しい反面、とても申し訳なく思えてしまうのだ。

「あんま難しいことゴチャゴチャ考えんなよ」

「それは無理」

「無理でも余計なことは排除しろ。大抵のことは俺がなんとかしてやる。俺が好きだってはっきりわかったら、ほかのことなんて無視しろよ」

「無茶苦茶だなぁ……」

思わず笑ってしまった。拓也の言い方には一切の迷いや躊躇《ちゅうちょ》がなくて、どこまでも力強い。なにも考えていないわけじゃなく、きっと過去にいろいろ考えた上で振り切ってしまったのだろう。

「重たいか？」

「そんなことないよ」

人によっては重たいと感じるかもしれないが、水貴にとっては「拓也だから」の一言で終わりだ。成晃がこの状態を「洗脳」あるいは「刷り込み」として拓也を批難しているのを、水貴は知らなかった。もし聞いていたら、成晃に同意してみせただろう。

「そろそろ行こっか。アルパカ見ようよ」

入園してすぐに、隣を歩いていた子供がそんな話をしていた。特に好きというわけではないが見てみたい気持ちはあった。動物園なんて、小学校の遠足以来なのだ。

なんだかんだと言いながらも、水貴は久しぶりの外出を思い切り楽しんだ。さまざまな動物を見て、ときには触れて、餌やりもした。子供のようにとはいかないが、普段の水貴にしたらかなりはしゃいだほうだった。

ランチを挟んでチーズやバター作りを体験し、作ったものを土産《みやげ》に帰途に就いた。まだ日は高いが、寄り道をしようと言われて従った。

保冷バッグに入れたチーズとバターをどうやって食べようか、助手席で考えていると、拓也に話しかけられた。

「魚が安く手に入るところがあるから、寄っていくぞ」

「やった……！」

「地魚中心らしいけど、大丈夫だろ？」

「うん。買うとき、どんな料理向きか聞くし。でもよくそんなとこ知ってるね。有名なとこなの？」

「同僚に聞いた。釣りが趣味で、そのへんによく行くらしいんだよ」

水貴は納得し、そして期待感に目を輝かせた。ランチにも使いたいし、もちろん住人たちの夕食にも出したい。焼くか煮るか、それとも揚げるか。せっかく新鮮ならあまり手をかけないほうがいいかもしれない。クーラーボックスを持ってこなかったことを悔やんだが、発泡スチロールならば手に入るだろう。

わくわくし始めたのを見て、拓也はくすりと笑った。

「元気出たか？」

「え……あ、うん」

やはり遊びに連れ出したことには意味があったらしい。拓也自身の気分転換というのも嘘ではないのかもしれないが、懐かしい場所や水貴が興味を抱きそうな場所を選んだのは、水貴のためなのだ。

「出た。あ、でも別に魚で元気出たわけじゃなくて、もっと前から結構元気だったよ?」

「いやいや、やっぱおまえには食いものだろ」

「なにそれ、俺そんなに食い意地張ってないし」

「食べることも作ることも大好きだろ。食材見せると目が輝くしな」

自覚はあるので反論はしない。新鮮な魚と言われ、頭のなかがメニュー案でいっぱいになったのは確かだった。

「……元気ないように見えた?」

普段と変わらぬテンションを心がけていたつもりだったが、拓也には通用しなかったらしい。

「まぁな。原因はあいつだろ」

「……誰?」

「とぼけんな。平塚ってガキだ」

拓也のなかでは動かしようもない事実だった。外れてはいないが、大正解でもない、というのが水貴の見解だが。

「きっかけとしてはそうなんだけど、原因って言われると、平塚くんは三十パーセントくらいかなぁ……」

「そうなのか?」

「うん。平塚くんのことは、正直あんまり得意じゃないよ。接し方とか、手探り状態だし、管理人としてちゃんと出来るかっていう不安もあるし。けど、もっと引っかかってるのは、別のことなんだ」

「別のこと？」

拓也の声がひどく気遣わしげだ。水貴のトーンがあからさまに落ちていることに気づいたためだ。

それでも車は停めなかった。顔を見て話すよりも、いまのほうが水貴が素直に語ると思ったのかもしれない。

「その……言われちゃってさ。平塚くんから見ると、俺が拓也さんと成晃さんのこと、弄《もてあそ》んでるみたいって」

言い方は違ったが、ようするにそういうことだ。あれに少なくないショックを受けたのは、自分でもこの中途半端な状態がよくないと感じていたからだ。

だが拓也は小さく舌打ちした。

「それは違うだろ」

「でも、宙ぶらりんのままだし」

「俺はおまえが納得して返事をしてくれればいいと思ってるよ。ま、確信があるから、いまかいまかと待ってるだけなんだけどな」

ふっと笑う顔が格好よく見えて、水貴は慌てて目を逸《そ》らした。よく考えると結構なことを言われたものだが、自惚《うぬぼ》れていると返すことは出来なかった。

「ま、あのガキのことは、昨日みたいに毅然とした態度で正論をぶつけてればいいだろ。あれはかまってちゃんだろうしな」

「ああ……うん、そう思う」

おそらく両親から叱《しか》られた経験も少ないのだろう。無関心ではないのだろうが、両親は子供に手をかけるタイプの人たちではなさそうだ。そしてちょっと忠告――というほどでもないが――をしたら、途端に上辺だけではないフレンドリーさを見せるようになった錦なので、拓也の言うとおり、かまって欲しいタイプなのだろう。

「あんまり懐かせるなよ」

「なんで？」

「これ以上鬱陶《うっとう》しいのが増えたら困る」

「……それ、成晃さんのこと言ってる？」

「鬱陶しいだろ、あいつ」

「ちょっとそれは同意出来ない……」

多少テンションが高い部分はあるが、鬱陶しいほどではないだろう。それに水貴にとって成晃はいい友人だ。たとえ向こうがそう思ってくれなくても、初恋の相手であっても。

そう、自覚と決心がなかなかつかないとはいえ、水貴が対象としているのは拓也だけだ。成晃は最初から友人という存在にしか思えなかった。

「仲よくしてね？」

「別に悪くはねぇよ。基本的なところで共通意識があるしな」

「……うん。信じとく」

住人全員で和気藹々《わきあいあい》と食卓を囲むというのは難しいようだと、水貴は苦笑と共に小さく息をついた。

その日は、朝から町がどこかざわついていた。

大型連休を前にオープンした〈ナスタ藍浜〉は、初日から予想以上の人出を見せ、町には多少の波及効果をもたらした。買いもの客は泊まらないが、施設関係者や報道関係者などが、そう多くはない町の宿泊施設をほぼ満室にしたのだ。

正式オープンの前日には、夕方以降のニュース番組で〈ナスタ藍浜〉のオープンが取り上げられ、水貴は料理をしながら、あるいは自室で寛《くつろ》ぎながら見ていたものだ。ついでのように見慣れた町も映り、少しテンションが上がった。

そして現在、二階の部屋は満室だった。一つだけ空いていた部屋に、連休明けまでという短期契約で長倉地所の社員が来ているのだ。混乱が予想されるその期間だけ人員を増やすためだった。拓也とは面識がないらしいが、きちんとした礼儀正しい人なので、水貴としてはどうか彼がいるあいだだけでも錦にはおとなしくしていて欲しい、と祈っている。

「どうする？　行ってみようか？」

今日はオープンして最初の休日だ。さぞ賑《にぎ》わっているだろう〈ナスタ藍浜〉に、なぜか水貴は誘われた。

「混んでない？」

「だから行くんだよ。それに平日だと水貴くんは誘っても無理だろうし」

「まぁ、そうなんだけど……」

仕事を休んでまで行こうとは思っていないし、成晃はよくそのあたりを理解しているようだった。

「ちゃんと食事をするのは無理かもだけど、買い食いくらいは出来そうだよ。僕と行くのは嫌？」

「そんなことないよ」

捨てられた子犬のような目をされて、水貴は頷いた。見てみたいという気持ちはあるので、一人で行くよりは……と思ったのも理由だ。たとえば空いているときに水貴が休みだったとしても、一人で行くことはしなかっただろうから。

そんなわけで、水貴は成晃と連れ立って〈ナスタ藍浜〉に向かう。家を出てほんの百メートルほどのところで、後ろから声をかけられた。

「あれー、どこ行くのー？」

隣で舌打ちが聞こえた気がしたが、きっと気のせいだろう。振り返ると、にこにこ笑いながら錦が近付いてきた。

「あれ、寝てるんだと思ってた」

錦は昨夜帰りが遅かったらしく、眠りの浅い成晃曰《いわ》く、明け方四時過ぎに戻ってきたという。だから昼過ぎまで起きてこないだろうと、声をかけずに出てきたのだ。

顔を見ると、少し眠そうな顔をしていた。

「起きてたよー。なにか食べに行こうかなと思ってさ。で、どこ行くの？」

「ちょっと冷やかしで〈ナスタ〉見てこようかってことになって」

「ふーん。じゃ一緒に行こ。なんとかってコーヒーショップの日本二号店があるんだよね。ほら、オーストラリアかどっかから来たやつ」

「そうだったっけ」

テレビでそんなことを言っていたような気もするが、正直なところよく覚えていなかった。錦は興味があるらしく、絶対に並ぶと息巻いている。

一方、成晃はしかめ面だ。王子さま然とした普段の様子は見る影もなかった。なまじきれいな顔なので、不機嫌さが出ると迫力が並ではないのだが、水貴はなんとも思わないし、負の感情を向けられている錦も鈍いのか強いのか、まったく意に介していなかった。

「ごめん、一緒でもいい？」

二人だけでなくなることにお伺《うかが》いを立てると、仕方なさそうに成晃は溜め息をついた。いいと言うことも頷くこともしないのは、けっして歓迎はしないという意思表示だろう。

そのまま三人で連れ立って行くことにした。

途中の道では、聞いていた通り駐車場待ちの車列を見た。県内はもちろん他県ナンバーも相当数ある。

「東京からも多いね」

テレビの影響はかなり大きいらしい。人気ショップの藍浜限定の商品や、オープニングセールの効果もあるのだろう。

「昨日なんて各局流してたもん。あと入ってる店が結構すごいんだよねー。日本初出店とかもあるしさ」

「へぇ」

「みんな今日初めてー?」

「うん」

「俺もー。プレオープンの日、実家戻ってたし」

あの日は地元住民も招待されていたのだが、水貴は仕事があって行けなかった。招待されたのは藍浜に住民票があるか、地元の会社もしくは学校に籍がある者で、結構な人数が行ったと聞いている。

「人多くね?」

「すごいね」

施設までのメイン道路には、見たことがないほど人がいる。駅から無料のシャトルバスも出ているが、歩いても二十分ほどなのだ。待つのが嫌か、歩くのが苦にならない人たちが徒歩を選んだようだ。

以前から嫌というほど聞かされていたように、〈ナスタ藍浜〉は、四つの棟が連結した形になっていて、縦横斜めに伸びる通路でそれぞれが繋がっている。建物のあいだのピロティはイベント広場として使うらしい。

「うわ……」

敷地に足を踏み入れ、人の多さにさらに引いてしまった。

入り口でもらった案内パンフレットを見ながら、当てもなくふらふらしてみる。見る限り、飲食店はどこも列が出来ていて、とても食事は出来そうもない。いや、待てば出来るがそこまでして食べたいものはなかったのだ。

きょろきょろしていると酔うので、なるべく視線は前にだけ定め、成晃の斜め後ろを歩くようにした。人混みの歩き方に、水貴は慣れていなかった。

「なんか水貴ちゃんがカルガモの雛《ひな》みたいになってるー」

「人が多いの苦手なんだよ」

「えー……確かに混んでるけど、普通の混み具合じゃん」

錦は有名テーマパークの名前を挙げ、それに比べたらまったくたいしたことはないと言い切った。

「行ったことないし」

「マジで！　なんか水貴ちゃんって可哀想」

「別に可哀想じゃないですけどっ」

貴重なものを見るような目をされて気分が下降する。どうしても行きたかったら、とっくに行っている。ようはその気がないだけなのに。

「僕も一度しか行ったことがないよ。しかも学校の遠足で一回」

「なんでー？　俺なんか年三くらいは行くよー」

「へぇ、そう。それより水貴くん、向こうでなにかやってるみたいだから、見にいってみようか」

成晃は錦を適当にあしらうと、がらりと話題を変えた。不満そうな錦だったが特に文句は言わなかった。

「うん」

「えー、あそこ並ばないのー？」

「あんな行列無理」

「でも喉渇《のどかわ》くじゃん」

「自販機で買うし」

とにかく人の多いところを避けたくて成晃についていく。ピロティではイベントをやっているらしく、マイクを通した女性の声と鐘の音が聞こえてくる。抽選会をやっているようだった。

抽選にも長蛇《ちょうだ》の列が出来ていた。抽選場所は相当数用意してあるようだが、それでも五分待ちくらいにはなりそうだ。

揃いのTシャツを着たスタッフが客の対応をする一方、スーツ姿の者も近くにいた。そのうちの一人に、水貴は目が釘付《くぎづ》けになった。

「あ、あれ一号サンじゃん？」

錦は拓也のことを部屋番号で呼んでいる。本名は知っているはずなのに、揶揄《やゆ》なのか親しみのためなのか、なぜかずっとこうだ。成晃のことは基本的に「王子さま」で、こちらはどちらかと言うと揶揄の意味が大きいようだ。どちらとの関係も似たり寄ったりだが、年齢的に成晃のほうが近いので、呼び方や態度の差として表れているらしい。

「……うん」

拓也はスーツ姿にインカムを付け、なにか話している。客と直接関わるのではなく、抽選係と別の部署との繋ぎをしているようだ。

仕事中なのだから当然だが真剣な顔をし、ときおり行列や抽選場所に目をやり、バックヤードの確認に動いている。

スーツ姿なんてほぼ毎日見ているのに、やはり家にいるときと仕事をしているときでは違って見えた。

「どうしよう、格好いい……」

思わず出た呟きは、会場に流れる賑やかな声に飲まれて誰にも聞こえなかっただろうが、成晃は切なそうな顔で水貴を見ている。拓也に釘付けになっている水貴には気づけないことだったが。

なんだかドキドキする。ただ見ているだけで拓也に対してときめくなんて、いまさらあり得ないと思っていたのに。

その場から動かず遠くから拓也を見つめていると、やがて錦は大きな溜め息をつき、気の毒そうな目を成晃に向けた。気づいた本人が目つきを険しくしたが、それもまた水貴はまったく知らなかった。

「あ……」

放心状態が解かれたのは、会場に目を配っていた拓也がこちらを見たからだった。目があったかどうかまではわからない。だが一瞬、拓也は動きを止めたし、ほんの少し笑ったような気もした。

「ねぇ」

ぽんと肩に手を置き、錦は水貴の意識を元に戻した。はっとして振《ふ》り仰《あお》ぐと、呆《あき》れた顔が目に入る。

「えーと……」

「まだ見てる？　だったら俺、どっかでなにか食べてくる。なんか腹減っちゃった」

「あ、いや……うん、もう行く」

「そう？　じゃあ、あっち」

　錦に続いて歩き出しながらも、目だけは未練がましくまだ拓也を追っていた。心臓がまだ落ち着かない。

　イベント会場を離れても、水貴はどこか上の空だった。

「あ、フードコートじゃん。席取れたら、ここにしようよ」

「取れたらね」

　かなり広いというのに、席はいっぱいらしい。空きはないかと、うろうろしている客もかなりいた。

「こういうのはタイミングだよねー」

　背の高い二人はぐるりと見まわしていたが、やがて錦のほうが目星を付けて動き出した。どうやら席を立ちそうなグループを見つけたらしく、近付いていって話しかけていた。親子四人連れのようだ。

　少したってから、錦はこちらに向かって大きく手を振る。

「確保出来たみたいだね」

「ああ……うん」

「要領がいいというか……慣れてるのかな、あれは」

「うん」

なんとなく相づちを打っているが、話は半分も耳に入っていなかった。気持ちはまださっきのイベント会場にあるからだった。

成晃の後についてテーブルのあいだを縫っていくと、ちょうど親子連れが立ち上がるところだった。水貴は目があった母親にぺこりと頭を下げ、見つめてきた十歳くらいの女の子に気づいて表情を和らげた。

ほとんど条件反射のようなものだった。

「美味しかった？」

「う……うんっ」

顔を真っ赤にして頷いて、彼女は手を振りながら家族と一緒に去っていく。はぁ、と斜め後ろから溜め息が聞こえた。

「なんだがデジャ・ヴだなぁ……」

「え？」

溜め息と謎の言葉を発したのは成晃だった。少し顔が赤く、そんな自分に苦笑しているようでもあった。

四人がけのテーブルに着くと、錦が早速買いに行った。帰ってきたら、二人で行こうと水貴も座る。

「さっきなんて言ったの？」

「最初に水貴くんに会ったとき……というか、うちの一家が最初に泊まったときだね。夕食の後で、君がさっきと同じこと聞いてきたんだよ」

「あー……」

覚えているかと言われたら、正直なところ微妙だ。なにしろ当時の水貴は、客に子供がいれば、ほぼ必ず食後にそれを聞いていたからだ。そして父親の作った料理を美味しいと言ってもらって喜んでいた。

「さっきの女の子、顔真っ赤だったね」

「シャイな子だったね」

「いやいや、あれは違うでしょ。下手するとあの子の初恋かセカンドラブか……とにかく恋に落としたかもしれない」

「なに言ってんの」

水貴は笑いつつも呆れ、なおかつ感心した。成晃がこの手の冗談を言うとは思っていなかった。

「真面目な話。というか、体験談って言ったほうがいいかな」

「体験談？」

「そう、当時の僕も、それで恋に落ちちゃったからね。美味しかったって言ったら、嬉しそうに笑って……撃ち抜かれた」

成晃は心臓のあたりを手で押さえ、切なげに溜め息をついた。芝居がかったそんな仕草も彼だと違和感がない。

「落としたつもりないけど……」

「うん、だって勝手に落ちるからね。まさかあのときは、十年以上引っ張るとは思わなかったな」

水貴はなにも言えずに苦笑をこぼした。気の利いた言葉は出てこないし、謝るのも違うだろうから。

微妙な空気は、錦の姿が目に入った途端に霧散した。彼は呼び出しベルを持っていた。交代して水貴が行くことになった。二人でと思っていたら、錦に異議を唱えられたのだ。いつ呼び出しがあるかわからないので、もう一人残っていろ、と。

とりあえず列が短いところを狙って並び、その場で食事を受け取って席に戻った。錦のようにベルはもらわずにすんだ。

「蕎麦《そば》かー」

「うん、一番空いてた」

そして食事として軽いところがポイントだ。うどんもあったのだが、水貴は蕎麦のほうが好きなので迷うこともなかった。

入れ替わりに成晃が買いに行き、結局全員の食事が揃ったのは十分以上たってからだった。

もちろん水貴は断って先に食べ始めた。冷たい蕎麦だから伸びにくいとは言え、いつまでも放置していたら乾いてまずくなってしまう。

そんなわけで全員が食べ始めたのは、水貴の蕎麦がほとんどなくなったあたりだったのだ。

「食欲ないのー？　それだけ？」

「後で買い食いするかもしれないし」

「そうだけどさ」

錦はカレー専門店のカツカレーで、成晃は豚骨《とんこつ》ラーメンを食べている。成晃は普段水貴が出さないものを選んだらしい。

「成晃さんがラーメンって、ビジュアル的には違和感……」

「ええ？」

「だってほら、見た目王子さまだから。中身的には普通なんだけど」

「まぁ、たまに言われる。大学で食べてると、似合わないとかね」

成晃は箸で麺《めん》を掬いながらぼやいていた。ラーメンに似合う似合わないもないだろう、と。

確かにそうだが、違和感があるのも確かだった。

「うーん……」

カレーをすでに半分食べた錦はどこか不満そうな顔をしていた。

「どうしたの？」

「水貴ちゃんの作ったやつのほうが絶対美味いよー。ねぇまたカレー作って」

「う……うん」

さらりと褒めた後、甘えるようにリクエストまでして、本人はきわめて涼しい顔でカレーを食べていた。

嬉しくなって口元を緩めていると、焦ったように成晃が続いた。

「ほんと、絶対水貴くんのほうが美味しいよ」

「なにと比べてんのー、あんた。水貴ちゃん、ラーメンなんか出さないじゃん」

「そっ……そうだけど、作ったら絶対そうだろうなって……！」

必死の言い訳をする成晃を、生ぬるい気持ちで見つめてしまう。おそらく錦の言葉に刺激され、自分も負けじと水貴を褒めようとしたのだろう。注文した品がよくなかった。

「うーん、カツもへにょへにょ。カリッと揚がってるカツにカレーがいいのにさー。値段だけはすんのに遊園地の食堂並だよーこれ。値段だって、水貴ちゃんのランチより高いし。とりあえずもう食べないいな」

意外と食にうるさい錦は、最後まで食べたものの満足そうな顔はしなかった。量的にもまだまだ余裕があるということで、フードコートを出た後に、テイクアウトの店をいくつかハシゴすることになってしまった。

水貴としては、少し様子を見にいって一時間程度で帰ってくるつもりだったのに、気づけば夕方近くまで居続け、へとへとになって帰宅した。

おかげでこの日は夕食も食べられず、かなり早く眠りに就いてしまった。遅くに帰宅した拓也とは、会うこともなかった。


なにかと慌ただしかった連休も終わり、〈ハイム花みずき〉には日常が戻ってきた。

短期契約の社員はもうおらず、部屋は一つ空いたままだ。少し変わったことと言えば、家の前の交通量がほんの少し増えたことだろうか。これは〈ナスタ藍浜〉への客が、たまに脇道にまで入りこんでくるためだった。

「六月から、カフェタイムもやろうかと思って」

「へぇ」

ようやく仕事が落ち着いた拓也は、交代で休みを取っているらしく、本日は家にいる。オープンの少し前からつい先日まで、ほぼ休み返上で働いていたので、少しだけ気が抜けているようだった。とはいえ、水貴から見てそうは思えなかったが。

ランチタイムが終わって片付けを終えてすぐ、水貴は二人分のコーヒーを入れてダイニングで寛いでいた。

掃き出し窓を開け、窓辺のテーブルで飲んでいるのは、庭を眺めたかったからだ。

「五時くらいまでだけどね。それ以上だと夕食の準備とか仕込みが厳しいから」

「そうか」

ドリンクはコーヒーと紅茶、そしてハーブティーなどを中心に十種類程度。後はスイーツを用意しようと思っている。

「ケーキは作ってもちょっとかな。余っても、拓也さんたちが処理しきれるくらいで」

「おい」

拓也の声は笑っているが、水貴は顔を上げられずにカップを見つめたままだ。

「ほんとはね、ケーキは自信ないんだよね」

「作ったことないのか」

「あんまりね。お菓子より、ご飯……！　だから、俺」

「まぁそうだよな。パンケーキとかじゃだめなのか？」

拓也からの提案に、水貴は目を瞠った。

「あー……そうか、パンケーキか。フレンチトーストとか」

「後はワッフル」

「ワッフルは型が……でも、そっか……ワッフルもいいな」

それほど高いものではないし、材料も難しくない。客ものんびりと寛ぎに来る人がほとんどなので、提供までに少しばかり時間がかかっても問題はないだろう。後は軽食――トーストなどをメニューに加えれば、小腹が空いた客にも対応出来る。

「クロックムッシュなんてどうだ？」

「おしゃれなの知ってるね」

水貴も知識としては知っているが、実際に食べたことはない。藍浜界隈《かいわい》で提供してくれる店はないし、自分で作ってみようと思ったこともなかったからだ。そもそもパンケーキやフレンチトーストほど一般的なものではないだろう。

「とりあえず、パンケーキとワッフルは考えてみる。パンケーキだったら、食事系にもアレンジ出来るもんね」

「手伝えることがあれば言えよ」

「ありがと」

さすがに礼を言うときは顔を見ようと目をあわせる。だがすぐにまた窓の外へと視線を逃がしてしまった。

あれ以来、拓也との何気ない会話や接触にもドキドキしてしまうのだ。顔を見られないというほどではないものの、ひどく照れてしまって挙動不審になってしまうので、なるべく目をあわせないようにしている。

この感じは久しぶりだ。昔、女の子だと信じていたときの成晃にも、こんなふうになったことがある。

そう、初恋のとき以来だった。

「恋……」

「ん？」

「なんでもないっ」

無意識に呟いた声は、ちょうど車が通りかかったおかげもあり、拓也には聞こえなかったようだった。

ほっとしながら、ごまかすようにコーヒーを飲んだ。

「ごちそうさん」

拓也は飲み終えた二人分のカップを手に、キッチンへ戻っていく。水貴はまだ話していたかったが、引き留める間もなかった。

もう少しここにいて欲しかったのに、拓也は用事でもあるのだろうか。

水貴は窓を閉めてからキッチンへ行った。

「これからなにかあるの？」

「いや、どうして？」

「だって……片付けるの早かったから……」

拗《す》ねたような口調になったことに気づいたが、すでに言ってしまったものは仕方ない。視線は相変わらず下に向けつつ、拓也とはそこそこの距離を保った。

カップを洗うと、拓也はくすりと笑った。

「それは、もっと俺と一緒にお茶してたかったのに……って意味か？」

「そっ……そうだよ……！」

声は上ずりかけるし、きっと顔も赤いだろう。

「俺もだよ」

「え、でも」

「もっとしたいことがあっただけだ」

ごく自然な様子で距離を詰めた拓也は、そのまま水貴を腕に抱いた。

何度もされてきた行為なのに、いつもと違うように感じられるのは、水貴の気持ちが違うからだろうか。

「窓辺じゃ、いつ誰に見られるかわかんねぇからさ」

「そ……そんな理由……？」

「笑えるだろ」

「……そんなことないよ」

だっていま水貴は嬉しいと思っている。あのまま差し向かいで話していたかったのも確かだが、こうして抱きしめられてひどく幸せな気持ちになっている。

この人が好きなんだと思った。一緒にいると嬉しくて、抱きしめてもらえると幸せでドキドキする。

水貴は顔を上げ、拓也を見上げた。切れ長の目が、甘さを含んで自分を見つめているのが心地よくて、我知らず口元を綻《ほころ》ばせた。

ほかの人を見て欲しくなかった。自分以外の人に触れて欲しくもない。そんな独占欲がいつの間にか芽生えていたことに気づいたのは、ごく最近のことだった。そしてこの人のすべてが欲しいと思ったのも。

ゆっくりと近付いてくる端整な顔に見とれながら、ああキスをされるんだと思った。目を閉じかけた水貴は、しかしはっと我に返って顔を背けた。

「水貴……？」

「ごめん。いまは……やっぱり、ダメ」

このまま受け入れていいはずがない。もちろん拓也を諦める気なんてもうないから、水貴は例の件についてケリを付けなくてはならなかった。

訝《いぶか》しげな拓也からそっと離れ、もう一度ごめんと告げる。

「もう少し待って」

「なにか問題があるのか？」

「あー……えっと、俺のなかで整理付けるから。だから……」

待って、と続けようとしたら、拓也はふっと笑って髪をくしゃりと掻きまわした。

「わかった」

仕方なさそうな顔をして、拓也は自室に戻っていく。その後ろ姿を見ながら、水貴はあらためて、あの男と話さねばと決意した。


あのとき受け取った連絡先には、まだ一度もかけてみたことはなかった。用がなかったのだ。借り上げのことならば会社にかければよかったたし、そもそも担当者は別の人になっていた。

自室の机の引き出しを開け、しまい込んであったカードケースから、一枚の名刺を取り出す。これはあの男が、水貴に愛人になるよう持ちかけてきたとき、連絡用として渡してきたものだ。裏にはプライベート用の番号が手書きしてあった。

時計を見てから、水貴は間違えないようにボタンを押していく。

指が震えそうになるのは緊張からだ。昼間、拓也と別れてからずっと、どうやって話すべきなのかを考えていた。たぶん水貴の様子がおかしいことは気づいていただろうに、誰もなにも言わなかった。あの錦ですら口をつぐんでいた。思っていたよりも錦は空気が読めるらしい。

最後のボタンを押し終え、コールを三度聞いた。

『はい』

男の声だった。あのときの男の声なのかはわからない。なにしろ一度しか会ったことはないし、電話越しだ。何度も思い出す声は、この男の声のような気もしたし、まったく別の声になっていたような気もした。

「あの……夜分にすみません。お……僕は、〈ハイツ花みずき〉の湯原と申します。こちらは星野《ほしの》さんのお電話で間違いないでしょうか」

『ああ、藍浜の』

高くも低くもない、どちらかと言えばソフトな声だった。たちまち記憶が蘇ってきて、確かにこの声だったと確信した。同時に忘れかけていた姿も思い出す。少し変わった雰囲気の、大人の色気あふれる男だった。ハンサムともイケメンとも違うあれは、色男と言うのが一番あいそうな気がした。

星野誠司《せいじ》というこの男が、中学生だった水貴に将来の愛人関係を持ちかけてきた人物だ。大企業のエリートだというのに、どこか夜の匂いをさせる男で、実際の年齢は知らないが当時は三十代なかばくらいだったはずだ。そんな男が男子中学生を相手にとんでもないこと言ったものだと思うが、二十歳まで待とうというあたり、ある部分での倫理観はあるのかもしれなかった。

「お久しぶりです。あの、僕のことは覚えていらっしゃいますか?」

『もちろんだよ。湯原水貴くん』

すんなり名前を言われ、軽い絶望感が襲ってきた。

「……あの、それじゃ……あのときの、約束も……?」

出来れば忘れていて欲しかった。あるいは冗談だったと、この場で笑い飛ばして欲しかった。だが電話の向こうから聞こえてきたのは、くすりという笑い声だった。

『二十歳の誕生日は、来年だったかな?』

「っ……」

『確か一月だったと記憶しているけど、どうしたのかな。まだ半年以上あるけど?』

楽しげな声を聞いて、苦笑がこぼれた。期待はそれほどしていなかったので大きく心が揺れることはなかった。

大きく息を吸い、水貴は切り出す。

「そのお話なんですが……あの、お世話になっておきながら申し訳ないんですが、なかったこと、には出来ないでしょうか」

対価はすでに受け取ってしまっていて、いまさら返せるものではない。長倉地所の借り上げのおかげで、〈花みずき〉は業態を変えつつもなんとか今日まで生き残って来られたのだ。

なにか別のものでと言われたら、出来る限り返していく覚悟は出来ていた。

『もしかして、好きな人が出来たのかな？』

「あ……」

『そうだろう？』

「は、はい……」

なんとかもっともらしい理由を付けようと思っていたのに、あっさりと看破された。あの頃は子供だったから意味がよくわかっていなかったとか、倫理的にどうかとか、いろいろと用意してきた言葉はあったのに、図星を突かれて動揺し、簡単に認めてしまった。

好きな人が出来た。そんなものが理由にならないことはわかっていた。

「すみません。でも俺……っ」

『ところで恋人が出来た、という意味かい？　それともまだ片思い？』

星野の声は静かで、怒りのようなものはまったく感じられない。だが所詮は電話越しだし、相手は百戦錬磨の大人の男だ。内心どう思っているかはわからなかった。

だからひどく緊張した。

「こ……告白、されて……まだ、返事はしてないです。その前に、星野さんとの約束をなんとかしなきゃ、って」

けっして約束を忘れたわけでも、軽く考えているわけでもないと、水貴は必死で訴えた。

こちらの誠意を示したかったし、星野の機嫌を損ねたくはなかった。

『なるほどね……』

「勝手なことを言ってるのはわかってます。でも……」

『いいよ』

「え？」

『なかったことにしようか、と言ったんだよ』

あまりにもあっけなくて、水貴は戸惑うばかりだった。星野の口調に重々しさはなく、気分を悪くしたようには聞こえない。だがすんなりとそれを受け取っていいものか、かえって躊躇した。

「い……いいんですか？」

『うん。ただし、条件付だよ』

「あ、はい」

水貴は身がまえ、電話を持つ手に力を入れる。むしろ条件があったほうが気は楽だし、信用出来る。

だが、なにを言われるのかと緊張しているその耳に飛び込んできたのは、思いがけない言葉だった。

『その相手を連れて、おいで』

「……はい？」

『覚悟を見極めてあげるから。君たち、両方のね』

とっさに声が出なかった。それは本当ならばとても易しい条件だったのかもしれない。だが拓也の立場が、とてつもなく難しいものにしてしまっていた。

なぜならば、拓也は長倉地所の系列会社の社員で、まだ二年目だ。一方、星野は本丸でそれなりの役職に就いている。

これはマズくはないだろうか。いくら拓也と水貴の関係が古いものだとは言っても、それは幼なじみとしてであり、先にあった愛人の話を無効にする理由にはならないはずだ。ここは相手が拓也だということは隠すべきではないだろうか。

頭のなかでぐるぐると考えが巡る。

『どうかな？』

急かすような声ではなかったものの、返事はすぐにしなくてはならなかった。どこに迷う余地があるのかと相手に思わせないためにも。

「あ……あの、わかりました。よろしくお願いします」

『お互いに都合があるだろうから、相手の了承を得たら日程を決めようか』

「はい」

『ではまたね』

そう長くはない電話だったのに、切った後はベッドに倒れ込んでしまった。ひどく精神がすり減っていた。

とにかく一歩前進した。問題は「相手」を連れていくことだが、これはもう作戦を決めてある。星野と話しながら、これしかないと思っていたのだ。

身代わりだ。拓也じゃない相手を連れていき、話を合わせてもらうしかないだろう。どうせ星野は近くにいないのだから、恋人の振りを続ける必要はないし、この件が終われば星野との関わりもなくなり、実際に誰が恋人でもバレることはないはずだ。もしなにかの拍子に知られたとしても、以前の相手とは別れて新しい恋人が出来た、ということにすればいいことだった。

「ここは平塚くんだよね」

こんなことを頼めるほど親しい相手はほとんどいないと言っていい。女子に至ってはゼロだった。とはいえ、成晃に頼むつもりはなかった。自分を好きだと言ってくれている相手を身代わりにするほど水貴は鬼じゃない。まして成晃は真面目すぎる。その点、錦は調子がいいし、アドリブにも強そうだ。最近少し懐いてくれているし、男同士にも偏見がないので、ベストな人選と言えるだろう。

もちろん拓也には内緒だ。きっと拓也は自分の立場など顧みず、堂々と星野と対峙しようとするはずだから。

善は急げとばかりに、水貴は客室へ向かう。足音を忍ばせ、ノックの音も控えめに、錦を呼び出した。

「なーにー?」

「しっ」

現れた錦に、人差し指を立てて見せた。

「相談があるんだ。お茶入れてあげるから、来てくれないかな」

「相談?　いいけど……」

思っていたよりも錦がすんなりついてきたので、紅茶と一緒にもらいもののチョコレートを出してみた。

ありがたみもなく高級なチョコをぱくぱくと食べ、紅茶をすべて飲み干した後、思い出したように錦は水貴を見た。

「あ、なんだっけ相談?」

「そう。っていうか、頼みごとなんだけどね」

「俺に?　あの二人じゃなくて?」

どことなく嬉しそうなのは、褒められたいという部分の延長かもしれない、と水貴は納得した。錦という青年は、叱られたくもあるし褒められたくもあるのだ。最近はそれを隠さなくなってきた。

「あの二人はダメなんだ」

水貴は愛人云々《うんぬん》の部分は除いて事情を説明した。星野に関しては、湯原家として恩がある人で、恋人候補を見極めるために会わせろと言われた……ということにした。長倉地所絡みで拓也には頼めないとも。

「なるほどー。っていうか、やっぱ水貴ちゃんは一号さん選ぶかー。まぁそうだよね。うん、いいよ」

「ほんと？　助かる……！」

「その代わり、その後どっか遊びに行こうよ。会いに行くって東京？」

「ああ、うん。たぶんそうなる」

星野の家など知らないが、東京に出ることにはなるだろう。自宅ということは考えにくいので、どこかの店ではあるだろうが。

「えーと、じゃあ平塚くんとの出会いはそのままで……うん、別に設定とかいらないね。とにかく君は、向こうの人になに言われても俺のこと本気で好き、っていう感じでいてくれたらいいから」

「俺、水貴ちゃんの彼氏になれるんだー。やったー」

「ちゃんと格好いい恋人になってよ？」

「もっちろん。ぜってー水貴ちゃんをメロメロにさせちゃうからー。俺、超本気出しちゃうよー」

「普通にしてて」

やけに上機嫌で張り切り出す錦に思わず苦笑を浮かべる。この軽いノリが少し不安だったが、ほかに頼める人がいないのだから仕方なかった。

「それで、いつなら大丈夫？」

「んー、いつでもＯＫ。ってどうせ日曜でしょ？」

「うん」

仕事のない日となれば、どうしてもそうなる。星野とて週末以外は会社あるので、週末を望むはずだ。

「とにかく、このことは内緒ね」

「わかってるって。二人だけの秘密だもんねー。なに着ようかなー」

「普段通りでいいよ」

「やだ、気合い入れる。水貴ちゃんも可愛い服着てよー。そうだ、買いに行こうよ。こないだは服とかなんにも見なかったじゃん。明日とか絶対空いてるし。ランチの後は時間あるんでしょ？」

「あるけど、別にいいよ」

「えー、買いものデートしようよー」

食い下がる錦を軽くいなしていると、彼は子供のように口を尖らせていたが、ふいになにかを思いついたかのように目を輝かせた。

「そうだ、名前で呼ばなきゃ！」

「え？」

「彼氏なんだからさー、平塚くんより錦くんでしょ？　あ、俺は水貴ちゃんでいーの？　それとも呼び捨て？」

「あー……そのままでいいよ」

本当は据わりが悪いのだが、ちゃん付けを正式に受け入れることにした。家族以外で水貴を呼び捨てにするのは拓也だけだから、錦には呼んで欲しくなかったのだ。

「水貴ちゃんと、錦くんね。はい、呼んでみて？」

「錦くん」

「いいねー」

へらりと笑い、錦はじっと水貴を見つめる。なにが嬉しいのかよくわからなかった。もしかして錦は名前で呼んでくれるような友達がいないのだろうか。

とにかくこれで安心だ。明日になったらまた星野に電話をし、日を決めよう。そう思ったときだった。

ドン、と扉を激しく叩《たた》く音がして、水貴と錦は同時に入り口を振り返った。

ダイニングルームの入り口に、無表情に近い顔をした拓也が立っていた。開け放してあったドアに拳《こぶし》を叩きつけたまま、冷たい炎を宿したような目で水貴を見ていた。睨まれているわけじゃなければ、怒気をあらわにされているわけでもない。だが水貴は凍り付いたように動けなくなった。

錦は顔を引きつらせ、同じように固まっている。なにも言えなかったし、どう振る舞ったらいいのかもわからなかった。拓也の雰囲気に飲まれ、ただ彼を見つめ返すことしか出来なかったのだ。

完全に止まってしまったその場を動かしたのは拓也だった。彼は無言のまま近付いてくると、水貴の腕をつかんで引き寄せ、びくっと怯えたような反応をしても、表情一つ変えなかった。普段の拓也ならばあり得ないことだ。

そして自分からは動けないでいる水貴を、拓也は無理矢理ダイニングルームから連れ出した。

最初から最後まで拓也は水貴しか見ていなかった。まるで錦などこの場にいないかのように。ないものとして扱われた錦は、息をひそめて拓也と水貴を見送るだけだった。

拓也はプライベートエリアへ繋がるドアを開け、水貴を連れ込むと内側から施錠した。逃がさないと言われているのだと思った。

そのまま水貴の部屋まで連れていかれ、どさりとベッドに押し倒された。

真上から見下ろしてくる顔からは、相変わらず表情が抜け落ちていた。だが間近でよく見れば、明らかな怒気が目に含まれているのがわかる。

こんな拓也を見るのは初めてだった。

怖いと感じながらも、不安はなかった。それはきっと拓也への無条件の信頼だった。

「平塚と話してたのは、どういうことだ」

「え？」

「平塚が彼氏とか、恋人とか……あれはなんだよ」

「あ……さっきの、聞いて……」

だがすべてではないはずだ。最初のほうを聞いてなかったからこそ誤解しているのだとわかった。

「平塚のことも好きだってことか」

問いかける声は淡々としているが、無理に抑え込んでいるものだった。その代わりとばかりに、しぐさは乱暴だ。

「やっ、待って……っ、違う、違うからっ」

拓也は水貴の手を押さえ込み、シャツのなかに手を入れて、首筋に顔を埋《うず》めて噛みつくようなキスをする。

まるで罰だと言わんばかりに。

「水貴は俺が好きなんだと思ってた。いや、いまでも思ってる」

「それは、その……」

「なにが違う」

最初は恋愛対象として見られていなかったことも、だんだんとそれが変わってきて、同じ気持ちになってきたことも気づいていた。だから余裕でいられたのだ。たとえ初恋の相手がすぐ近くにいて、自分と同じ気持ちを水貴に向けているとわかっても。

忌々《いまいま》しげに拓也はそう告げた。少し掠《かす》れた声はひどく苦しげでもあった。

当然だと思った。想いに応えるから待ってくれと言った何時間か後に、別の男と恋愛関係に至ったような会話をしていたのだから。

困惑を伴った激情と、冷静であろうとする理性のあいだで、きっと拓也は揺れに揺れているのだ。

「どうしてあのガキに……」

「頼んだんだよ！　振りしてって！」

思わずそう叫んでいた。別に襲われるのが怖かったわけじゃなく、このまま拓也を嫌な気持ちにさせてはいけないと思ったからだ。

水貴はかぶりを振り、戸惑いを見せる拓也とまっすぐ目をあわせた。

「振り？　恋人の？」

「うん……」

押さえていた手から少し力が抜けた。

「なんのために？　どうして俺じゃだめなんだ……？」

「それは、その……」

この期《ご》に及んで口ごもりそうになったが、意を決して一度だけ唇を引き結ぶと、すべてを話してしまうことにした。

ペンションとして立ちゆかなくなってきたとき、長倉地所の人が借り上げを持ちかけてきたこと。だが社員の滞在先が〈花みずき〉である必要もないので、契約が欲しいのであれば、将来自分の愛人になることを約束するよう言われたこと。

「二十歳になったら、って……」

軽蔑されるか、怒りを滲《にじ》ませるか、あるいは呆れるか。拓也が浮かべる感情はそれらだと思っていたのに、目の前にはひたすら困惑している彼がいた。瞳の表情が揺れ動いていて、どこか途方に暮れているようにも見えた。

違和感を覚えながらも水貴は続けた。

「それで、拓也さんは系列会社の人だし、ここに住んでるし……会わせたらだめかと思って。でも言ったら絶対、自分が行くって言い出すだろうって……」

「あ、ああ……うん……」

不自然に頷いた後、拓也は聞いたことがないほど大きな溜め息をついた。そこに先ほどまでの怖さだとか深刻さだとかいったものは微塵《みじん》もなかった。

今度は水貴が戸惑う番だった。

「えっと……」

「……星野って人か？」

「う、うん」

あっさりと出てきた名前に、戸惑いつつ頷いた。関連会社なのだし、面識くらいはあるだろうと思っていたから、驚きはなかったが。

拓也は水貴から手を離し、赤くなった手首をすまなそうに撫でた。くすぐったくて手を引くと、すんなりと解放された。

そしてかなりバツが悪そうに言う。

「悪い……悪かった。たぶん、それ……俺のせいだ」

「はい？」

「星野誠司は、俺の叔父《おじ》だ」

耳に入ってきた言葉を頭が理解するのにタイムラグがあった。

「……え？」

「母親の、弟なんだ」

言いにくそうに告げた拓也を、まじまじと見つめる。拓也の母親の顔が浮かび、それから星野という男のイメージがぽんと浮かんだ。

「お……叔父さんっ？」

「ああ」

「そ……そういえば、似てる……かもしれない……」

「いや、似てねぇよ。俺は親父似だし」

「違う違う。おばさんと星野さんが」

はっきりと顔を覚えているわけではないが印象がすんなりと重なるのだ。もちろん拓也の母親には、星野誠司のような得体の知れなさはないけれども。

「ああ……まぁ、そうだな」

「え、なに。結局どういうこと？　拓也さんのせいって？」

「俺が昔、叔父さんに頼んだんだよ。ここ借り上げてくれって。それで、事情聞かれたから話してるうちに、俺が水貴のこと好きってバレて……」

「そうだったんだ……」

知らないところで拓也に助けられていたらしい。それはとても嬉しいし、感謝の念を抱くところではあるが、なぜかそこで愛人云々が出てきたのかは謎だ。

疑問符を浮かべていると、さっきよりは少し小さめの溜め息が聞こえた。

「もしかしたら、水貴に相手を作らせないためかもしれねぇ」

「え？」

「いや、俺がおまえのことすげー可愛いって言ったからさ、俺。そうしたら叔父さんが、そんなに可愛い子だったら、離れてるうちに誰かに取られちゃうかもね……みたいなことを言ってたんだよ。実際おまえに会って、確信したんじゃねぇの。だから二十歳までの虫除け的な感じ？」

「はぁ……」

頼んだ拓也も愛人のことまでは聞いていなかったようだ。星野の独断、まして本気ではなかったはずだというのが、その主張だった。

「つまり、愛人の話は冗談？」

「冗談というか、嘘というか……」

「……そっか……」

全身から一気に力が抜けていって、乾いた笑いが漏《も》れた。この数年間、常に深刻に考えていたかと言われたら違うが、それでも心には引っかかっていたことだし、拓也への想いが育ってからは重たい石のようになっていたのだ。まさかこんな結果が待っているとは思いもしなかった。

損をした気分だ。だが拓也の想いを受け止めるのに支障はないということでもある。

「よかった……」

ふにゃりと顔を崩して笑い、水貴は自分から拓也に抱きついた。

「俺、これで拓也さんの恋人になれる……！」

「やっべぇ、可愛い」

ぎゅうっと抱き返されて苦しくなるが、もしかしたらそれは物理的なことではなく、気持ちの問題だったかもしれない。

ゆっくりと重なってくる唇を、今度は拒みはしなかった。

キスは思っていたより気持ちがよくて、そして水貴を幸せな気持ちにさせてくれた。そしてもっと拓也が欲しいとも思わせた。

舌先が触れあい、歯列だとか上顎《うわあご》の裏だとかを舐められ、ぞくぞくとした甘い痺れを感じている。快感なのだということはわかっていた。

初めてのキスでここまでするのはどうなんだと思ったが、そのうち余計なことは考えられなくなった。

やがて名残惜しそうに拓也は離れていく。

「ひゃっ……」

首のあたりを強く吸われ、そして舐められて、びくんと身体が震えた。くすぐったくて、思わず身を捩《よじ》ったのに、しっかり抱きしめられてあまり動けなかった。

おまけに腰のあたりを手で撫でている。尻を触られたことは何度かあったが、いま拓也の手が向かっているのは前のほうだ。

「ま、待って、拓也さんっ……」

「無理」

「そんな……やっ……」

ばっさりと一言で終わらせると、拓也は胸の頂《いただ》きを指で撫で、たちまちぷっくりと立ち上がらせてしまう。これまでのセクハラのせいか、反応は顕著だった。

「嫌じゃねぇんだろ？」

「や……じゃ、ないけど……あっ、そうだ電話！　やっぱり星野さんに電話してみてっ。それで、ちゃんと確認……」

「いいよ明日で。それより続きだ」

「で、でもっ……」

必死に言い募ると、仕方なさそうに拓也は溜め息をついた。

「……わかった。その代わり、確かめたらもう遠慮しねぇぞ」

まるでいままでは遠慮していたような言いぐさだ。いろいろと言いたいことを飲みこんでいると、拓也は水貴のスマートフォンを渡してきた。彼のは部屋に置いてきたらしい。

水貴が星野にかけると、間もなくして声が聞こえてきた。

「あ、あの遅くにすみません。実は……」

「もしもし、拓也だけど」

さっと電話を奪い、拓也は不機嫌に話を始めた。星野との関係はそれなりに親しそうだ。口調がフランクで遠慮がない。

「なんで水貴に愛人とか言ってんだよ。は？　そうだよ。わかってたんだろ？　すっとぼけんな」

普段の二割増しで口調が荒く、表情も苦虫を嚙みつぶしたようなものだ。

水貴は推測する。星野のあの人を食ったような話し方が、拓也をこんなふうにしているのではないかと。

ぼんやりと拓也を見上げていると、やがて通話は終わった。ぽい、とスマートフォンがベッドの端のほうへと放り出された。

「だいたい当たってた。愛人を持ちかけたのは、アドリブでつい……だそうだ」

「つい、って……」

「目的は俺が思った通りだったけどな。約束させれば、律儀そうな子だから誰とも付き合わないでいるだろう、って」

「……一回会っただけなのに」

それもわずかな時間しか話していなかったのに、そこまで見抜かれてしまっていたのか。

水貴は唖然としてしまった。

それに星野という男は、甥《おい》が同性を好きだと言い出したことに、思うところはなかったのだろうか。

いろいろと疑問は残った。

「ま、その点は感謝しとくか」

軽く触れるだけのキスをして、拓也は笑った。

「拓也さん……」

「よし、じゃあ続きだ」

「ええっ……」

がばっとシャツを捲《まく》ってあらわになった胸元に、拓也は顔を埋めた。ちゅう、っと乳首に吸い付かれた水貴は、小さく喘いで背中を仰《の》け反《ぞ》らせた。

切り替えの速さも信じられないし、自分の反応はもっと信じられなかった。

そのまま舌先が転がされ、あり得ないほど肌が粟立《あわだ》った。

「んっ、ぁあ……っ」

自分が出したとは思いたくもない声が出て、慌てて口を手で塞《ふさ》ごうとしたら拓也に止められた。

「声、ちゃんと聞かせろ」

「聞きてぇの！」

「でも……」

求められているのだと思ったら拒否は難しい。戸惑いつつも水貴が小さく頷くと、拓也は満足そうに笑った。

ふたたび乳首を吸われて、反対側も指でコリコリと摘まれる。そのたびに身体は勝手に跳ね上がり、少しずつ深い部分から熱が溜まっていった。

「あっ、ん……！　や、ぁ……っ」

尖った胸の先を歯で挟み、引っ張るように刺激を与えながら舌先が突《つつ》きまわす。まるで電流を当てられたみたいに甘い痺れが指先まで走った。

平らな胸なんて弄《いじ》ってなにが楽しいのか水貴にはわからなかったが、拓也は飽くことなくそこを愛撫《あいぶ》し、そこが真っ赤になって痛くなるくらい執拗《しつよう》に嬲《なぶ》ってきた。

おかげで舌先がちょっと突いてくる程度の刺激で、びくびくと仰け反ってしまうくらい過敏になってしまった。

それから身体中にキスをされて、さらに恥ずかしい声をさんざん上げさせられた。足の指まで舐めしゃぶられ、水貴は半泣きになった。そこは恥ずかしいというよりも、拓也にそんなことをさせてはダメだという気持ちの問題だったが。

気がつけば身に着けていたものはすべて取り去られ、拓也も同じ格好になって、絡みあうようにして互いの肌と熱を感じていた。

「水貴……嫌じゃないよな……？」

「……うん」

恥ずかしいけれども、嫌だとは思っていない。むしろ拓也に触られるのは嬉しくて、そして気持ちがいい。

たどたどしく素直な気持ちを告げると、拓也は舌打ちした。それはそれは嬉しそうに。

「可愛すぎんだよ。やべぇ、泣かせたい」

「え？」

どうして？　と問う間もなく、大きく膝を割られた。とっさに脚を閉じようとしたが当然のように阻まれて、ほかへの愛撫の余波で反応してしまっていたものを手に捉えられる。

びくんと腰が跳ね、ゆるゆると扱《しご》かれて濡《ぬ》れた声が出た。

他人の手に直に触られるのは、たまらなく気持ちがよかった。指先が動くたびに快感は高められ、たちまち張り詰めるほどに反応してしまう。

「気持ちいいだろ」

「ふぁ……っん、あっ……あ……」

舌がもつれてしゃべれなくて、ただ壊れた人形みたいに頷くだけだった。

やがて手のなかで高められていたものを口に含まれて、その快感の強さに水貴は泣き声まじりの声を上げた。

絡みつく舌に理性が飛びそうになる。

「やっ、ああっ……ん、ぁ……あ……」

気持ちがいいと喘ぎながら、水貴は身をくねらせた。けれども実際にはさほど身体は動いていなかった。力がどうにも入らないせいだ。

そうしてあっけなく、強く吸われることで拓也の口のなかで果ててしまった。

頭のなかは真っ白だ。息が乱れ、とろんとした目を空に向けて、水貴は気だるげにシーツの上で無防備な身体を晒した。

拓也が楽しげにそれを眺めているなんて知りもしないで。

呼吸が落ち着くまでは待って、拓也は濡らした指で後ろをノックした。

「っぁ……や……！」

以前からどこでどうするのかは教えられていたから、いざそのときが来ても大丈夫だろうと思っていたが、実際に触られたら身が竦んでしまった。

「怖くねぇから」

「で、も……あぁんっ……」

一度放って萎えたものに、また濃厚なキスをされる。敏感になっているそこは、舌先で軽く舐められただけでも泣きたくなるほどひどく感じてしまう。

拓也は前への愛撫と同時に後ろも刺激した。

「ひっ、あ……う……」

宥《なだ》めるように何度も撫でてから、拓也はたっぷりと濡らした指を静かに侵入させた。抵抗をかき分けて根元まで入れ、水貴の泣きそうな顔を見て目を細めた。

異物感がひどくて、水貴はくしゃりと顔を歪《ゆが》める。だが痛みはほぼない。前を刺激されて痛みを感じる余裕がなかったせいかもしれなかった。

少しずつ指を動かされ、二本三本と増やされて、水貴はきつく目を閉じた。

指が動くたびに聞こえる湿ったいやらしい音のせいだ。羞恥《しゅうち》でどうにかなってしまいそうだった。

長く長くそこを弄られて、時間の感覚さえ曖昧《あいまい》になっていく。

単純な出し入れだけではない。深いところで掻きまわされ、あるいは内側を指でひっかくようにされて、異物感しかなかったはずのところが、ひどく疼《うず》くようになっていった。

そう気づいたら、擦《こす》られる感触は立ちどころに気持ちがいいものに変わった。

「ん、んぁっ……」

「痛くないか？」

「あっ、な……ない……」

痛くはない。けれどもこれだけでは嫌だった。気持ちはいいのに、決定的な刺激ではないような気がしてもどかしかった。

だがそれは指先がある部分を掠めたことで一瞬にして吹き飛んだ。

「あう……っ！　や……な、にっ……」

拓也はふっと笑い、同じところを何度も突く。

水貴は悲鳴まじりの声を上げ、腰を捩りたてて泣いた。やめて、と懇願しても、拓也は聞いてくれない。

気持ちがいい。けれども怖くて、みっともなく泣きじゃくった。

また達しそうになると、寸前で拓也は指を引き抜いた。まるで途中で放り出されたようで、水貴は戸惑いの表情を拓也に向けた。

「このまま指でいく？」

問われて、とっさにかぶりを振った。

「た……拓也さんが、いい……」

怖くないと言えば嘘になるが、拓也なのだと思えば身を任せられる。恥ずかしさはすでに別の感情や本能に凌駕《りょうが》されていた。

「後ろ向いて」

優しく促されたが、水貴はふたたび緩くかぶりを振った。

「前からじゃダメ……？」

「最初なんだし、後ろからのほうが楽だっていうぞ」

「でも、抱きつけないから……」

最初だからこそ、向かいあって一つになりたかった。そして広いこの背中に思い切り手をまわしたい。抱きしめたい。

気持ちを素直に伝えたのに、拓也は手で顔を覆い、小さく溜め息をついた。

きょとんとする水貴の耳に、唸《うな》るような声が聞こえてきた。

「おまえ……ここまで来てまだ煽《あお》るかよ」

「え？」

「クソ可愛いこと言ってんじゃねぇ」

「わっ……」

勢いよく脚を開かされ、腰が浮くように抱えられた。そうしてさんざん弄られた最奥《さいおう》に、熱く滾《たぎ》ったものが押し当てられた。

水貴の望みは叶えてもらえるようだった。

「息吐いて、なるべく力抜いてろ」

「ん……」

言われるまま目を閉じ、無意識に握りこんでいた手を意図して開くと、ゆっくりと息を吐き出した。

じりじりと拓也のものが入ってくる。力が入りそうになるのを必死で逃がし、覚悟していたよりはマシだった痛みをやり過ごして、少しずつそれを呑《の》み込んでいった。

「はっ、あ……あ……！」

指なんかとは比べものにならない圧倒的なものだった。自分のなかが拓也でいっぱいになってしまうような気がした。

それを嬉しいと思うのは、きっとおかしなことじゃない。

さらりと髪を撫でられて水貴は目を開ける。愛《いと》おしいと告げる目が、優しげに見下ろしてきていた。

「大丈夫か？」

「なんとか……」

繋がったところがひどく熱くて、すべての神経がそこに集中してしまったかのようだ。だが決して不快なのではなかった。

求められるままキスをして、つたないながらも応えていく。

そのキスが終わると同時に拓也は動き出した。水貴を傷つけないよう、ゆっくりと慎重な動きだった。

それでも身体は貪欲に快楽を求めていく。指で弄られたとき以上の刺激を求め、気がつけば腰を揺らしていた。

「あっ、う……んっ！」

後ろと同時に前も擦られ、不確かな後ろの感覚と快感が混じりあっていく。最初は探るような動きだったものが、いつしか容赦《ようしゃ》なく突き上げ、あるいは抉《えぐ》るようなものになっても、水貴は濡れた声を上げ続けた。

深く突き上げられ、背中が弓なりに反る。

いろんな感覚がぐちゃぐちゃになって混じりあい、もうなにがなんだかわからない。ただ声は止まらなかったし、心はひどく満たされていた。

「拓也さ……っぁ……ん」

力の入らない両手を広い背中にまわし、縋《すが》るようにしてしがみつく。

「だから、あんまり煽るなよ……っ」

ガツガツと穿《うが》たれて、なかを抉るように先端がさっきの場所に当たった。

「ああ……っん……そ、こ……やぁ……っ」

「いい、だろ？」

それは気持ちがいいって言うんだと、耳元で囁《ささや》かれる。

「あんっ、い……い……気持ち、い……」

一度口にしてしまうと、もうそうとしか思えなくなった。内側をぐちゃぐちゃに掻きまわされ、あるいは突き上げられて、悶《もだ》えながら喘ぐしかないのだ。

「あぁ……っ……！」

なおも深く何度も穿たれた水貴は、切羽詰まった声で鳴いた後、びくんと大きく全身を震わせた。

尾を引く細い嬌声が拓也の耳を打って、彼に終わりを促した。

「水貴……っ」

細い身体を抱きしめながら彼は水貴のなかで果て、思いの丈《たけ》をぶつけるように、欲望を吐き出した。

まぶしさに目を細めながら、水貴は目を覚ました。

いや、本当は少し前に目を覚まし、拓也と話もしたのだが、気がついたら二度寝していたのだ。

最初に目覚めたとき隣で――というより水貴を抱きかかえて眠っていた拓也は、朝から甘ったるい顔と声でいろいろと言っていたが、あいにくと言うべきか幸いと言うべきか、水貴はほとんど覚えていなかった。覚えていたら、恥ずかしさのあまり床を転げまわっていたかもしれない。昨夜のことを思い出すだけでも十分に恥ずかしいのに、追い討ちをかけるがごとき甘さだったのだ。

さっきは寝ぼけていたからともかく、正気のいまは拓也と顔をあわせづらい。だがいつまでも会わないでいられるものでもないので、水貴は意を決してベッドを出た。

拓也は自室に戻ったはずだ。ほかの住人にここから起きていったことを知られると面倒なので当然の配慮だろう。カーテンはそのときに開けていったようだ。だから朝日が差し込んで目を覚ましたのだった。

裸の身体に急いで服を着け、ちょっとふらつきながら部屋を出ようとして、壁の時計が目に飛び込んできた。

「やばいっ……」

とっくの朝食の時間を過ぎていた。プライベートエリアから出ていくと、なにやら興奮した成晃の声が聞こえてきた。

「だからどういうことっ？」

「後で説明するから、食えよ。冷めるぞ」

「なんで当たり前みたいに、あんたが……あっ、水貴くん！」

ダイニングルームではなく、直接キッチンのほうへ入っていくと、いち早く気づいた成晃が、ぱっと表情を明るくした。

話の内容と匂いからして、拓也が朝食を作ってくれたようだ。

「あの……おはようございます」

「おはよう。具合悪いんだって？　大丈夫？」

「えっ……あ、は……はい……」

そういうことになっているらしい。思わず目が泳いでしまい、辿り着いた先は拓也だった。

こちらを見ていた彼と目があった途端、水貴は耳まで赤くなってしまう。

成晃が異変に気づかないわけがなかった。

「水貴くん……？」

「ほんとに大丈夫なのか？」

第三者などいない、とでも言わんばかりに拓也は蕩《とろ》けるような笑みを見せる。水貴がたじろぐほどだった。

「だ、だいじょうぶ」

「無理させてごめんな」

さらにあの甘い声で呟き、拓也は水貴の頬《ほお》を手で撫でた。頬というよりも首に近くて、水貴の顔はますます赤くなった。

「まさか……！」

カウンター越しに詰め寄った成晃は必死の形相《ぎょうそう》で、しかも幾ばくかの絶望を纏《まと》っていた。

そして彼が動いたことによって、いままでその陰になっていたところに錦がいたことにも気づいた。彼はテーブルに肘《ひじ》を突いてこちらを見ていた。

複雑そうな顔をしているのは、昨夜の一件が尾を引いているからだろう。水貴が起きてくる前に、拓也とのあいだでなんらかの会話はあったはずなのだ。

「……おはよ」

「うん。おはよ」

錦にしては言葉少なだ。やはり拓也からなにか言われたのだ。

「早いね」

「この人がうるさくて起きちゃったんだよねー。で、下りてきてみたら、こうだし……っていうか怖いんだけど一号さん！」

「あー……」

「いきなり『わかってるな？』とか、なんなの？　ねぇ！」

水貴に訴えられても困ってしまう。そういうことは本人に言って欲しいものだ。言えないからこそ、こうして拓也の目も見ずに訴えているのだろうけれども。

「……拓也さん」

「水貴に手を出さねぇなら、別に」

「出さないよっ！　ちょっといいかも、とか思ったのは確かだけど、あんたから盗ろうとか絶対に思わないから！」

いつもの間延びした語尾は引っ込めて錦は必死に訴えた。すると拓也は鷹揚《おうよう》に頷き、よしと呟いた。

「ただの野次馬下宿人なら、言ってもいいよね。あのさ、もしかしなくても水貴ちゃんって昨日やられちゃったよね？」

その瞬間、成晃は息を飲み、水貴は言葉を失った。尋ねるにしても言葉選びが露骨すぎるのではないだろうか。

これはどうしたものか。ごまかすのは成晃に対して不誠実になるだろうが、状況が厳しい。拓也の想いを受け入れることにした、という報告ならば、きっと成晃だってすんなりと受け入れてくれただろう。きっと望みが薄いことは承知していたのだから。だが、セックスしてしまいました、と突きつけるのは酷な気がする。

目が泳ぎそうになるのを努力して止め、水貴は成晃を見つめた。

「えっと、錦くんが言ってることは忘れて！　それで、俺、拓也さんとお付き合いすることにしました」

一気に言うとぺこりと頭を下げた。痛みに堪《た》えるような顔をした成晃はなにも言わず、代わりに錦がカウンターに駆け寄ってきた。

「マジでっ？」

「うん」

本当はあらためて成晃の告白に対して返事をしようとしたのだが、さすがに錦の前では憚《はばか》られた。

「やっぱそうじゃーん！」

錦の細長い指が、びしっと水貴の首元を示す。目で追った成晃が、ひゅっと息を飲むのが聞こえた。

「え？」

「キスマーク付いてますけどー」

「嘘っ……」

「上城《かみしろ》さん！　あんた、手が早すぎる！」

「そうか？」

水貴は慌てふためきながら鏡を覗き込み、赤い痕《あと》を見つけて絶句した。それは首だけじゃなく、肩や鎖骨のあたり、襟元《えりもと》から覗き込めば胸や腹にもついている。

「こ……こんなに……」

鏡の前でうろたえている水貴をよそに、拓也と成晃の言いあいは続いていた。

「ＯＫもらったら即とか！　いい大人のすることですか？　もう少し待つとか……」

「十分待ったんだよ。むしろ俺の忍耐力を褒めろよ」

「あり得ない……！」

「そうだそうだー、王子の言う通りー」

「君は黙ってろ」

途端に錦は小さくなった。そして「お口チャック」などと言いながら口元で指を横に動かしている。

朝から非常にうるさい。だがどうやらいままでとあまり変わらずにやれそうだと、水貴はこっそり安堵の笑みを浮かべた。

あの日の約束

恋人同士になって三ヵ月がたっても、拓也《たくや》と水貴《みずき》を取り巻く環境はほとんど変わっていなかった。

下宿人は減りもしないし、増えもしない。失恋を苦に成晃《なりあき》が出ていくのでは……と拓也は期待まじりの予想をしていたのだが、成晃は思っていたよりもずっと諦《あきら》めが悪くて神経も太く、大して落ち込みもせずに毎日過ごしている。ただし拓也へ敵意は隠そうとしないし、水貴への想いも垂れ流しているが。

「上城《かみしろ》さん。どこ行くんですか」

夜も更《ふ》けてきた頃に拓也が自室を出て水貴の部屋へ行こうとしていると、たまたまなのか張っていたのか、一番遠い部屋のドアが開いて成晃が出てきた。

成晃からの風当たりはきつい。まんまと水貴の恋人に収まったのだから当然だろう。

「わかってることを、いちいち聞くなよ」

外出する格好ではないことなど、一目見てわかるだろう。そして拓也の行動パターンも、そろそろ把握しているはずなのだ。

成晃はチッと舌打ちをした。それでもガラが悪くならないところが実に彼らしい。こうやって面と向かって刃向かっては来るが、陰でこそこそ動くことをしないところも、実は拓也は気に入っていた。

「ちょっと盛《さか》りすぎじゃないですか」

「出来たてのカップルが一つ屋根の下に住んでるんだぞ。しょうがねぇだろ」

言外に、男ならわかるだろうと告げてやる。やっと手に入れた恋人なのだ。ストイックに過ごせというのは無理な話だった。まして成晃も長く片思いを続けてきた——いや、現在進行形で続けているのだから、積年の想いが行動に出ることの仕方なさは、本当は理解しているはずだった。

現に苦虫を噛《か》み潰《つぶ》したような顔をするだけで、彼はなにも言わなかった。

「週末だしな」

「平日だって手を出してるでしょう」

「やっぱ、わかるか」

「わかりますよ。翌朝の感じで……」

成晃は切なげに溜《た》め息《いき》をついた。休日の朝は水貴が部屋から出ないのでいいが、平日は朝食時にどうしても顔をあわせる。毎日ではないが平日でもセックスはするので、その翌朝の水貴は目の毒、ということらしい。確かに拓也の目から見ても、抱いた翌朝は普段とは違う。気だるげな息を吐いたり、視線やしぐさの一つ一つに色香が漂っていたり、どういうわけか官能の気配が抜けきらないのだ。もちろんそれを見て「昨晩セックスをした」などと思うのは、彼らの関係を知っている者だけだろう。

「水貴を夜のネタにするなよ」

「……努力します」

固い声が返ってきて、拓也は苦笑する。成晃は「しない」とも「していない」とも言わなかった。だがそれは仕方ないと思うのだ。本当は想像や夢のなかでも水貴を登場させて欲しくないが、他人の頭のなかまでコントロール出来るはずもないし、拓也には自分が本物の水貴を手に入れている、という余裕があった。

「ちょっとでも隙《すき》見せたら横槍《よこやり》入れますから。水貴くんを泣かせたり悩ませたりしたら、容赦《ようしゃ》しません」

「肝に銘じとくわ」

大事にしろと、ことあるごとに成晃は言う。浮気なんてもってのほかで、水貴を不安にさせることも許さないと。

おまえになんの権利があると言ってしまえばそれまでだが、元ライバルへの敬意の意味も込めて、拓也は成晃も納得する恋人でいてやろうと思っている。もちろん我を通すところは通すが。

拓也は肩越しにひらひらと手を振りながら階段を下りていく。間もなく成晃が部屋に引っ込んだ音が聞こえた。

いつものように鍵を使って水貴の部屋へ行くと、彼はベッドに腹ばいになった状態で、プリントアウトした文書を見ていた。難しい顔をして、拓也の顔を一瞥《いちべつ》しただけで、また紙面に目を戻す。

「どうした？」

「んー……二号室がね……」

なるほど、水貴の一番の悩みの種だ。

二号室はずっと空いたままだった。何回か問い合わせは来たし、実際に見にきた学生もいたのだが、いずれも契約には至らなかった。そしてここ最近は問い合わせ自体が来なくなったらしい。

「なにがいけないんだろう……」

水貴は真剣に悩んでいるのだ。部屋が埋まらないのは、条件に問題があるのでは……と先日からずっと考えている。

拓也にしてみれば杞憂《きゆう》なのだが。

「高くないよね？」

「相場ってのを調べてみたが、このあたりので考えて平均だったぞ。それに規則が特別厳しいってこともないしな」

「ああ、うん。成晃さんも錦《にしき》くんもそう言ってたけど……」

「俺もそう思うぞ。そもそも下宿って形が、敬遠されてるだけじゃねぇのか」

「やっぱそうなのかな」

「寮より窮屈って感じるやつもいるだろ。寮が二人部屋とか四人部屋とかいうならともかく、あそこの学生寮は違うだろ」

「そうだよね……」

下宿に比べたら寮のほうが人間関係などが希薄でいられるのかもしれない。水貴はそのあたりでようやく納得した。

実は別の理由もあるのだが、拓也は水貴に伝える気はなかった。成晃と錦が、新たな住人に関してかなり神経を尖《とが》らせており、住まわせたくないと判断した学生を弾いている、だなんて。

「いまは時期的に難しいだろうしな」

「来年に期待かぁ……」

「空いてると厳しいのか？」

「そんなこともないんだけどさ。店が思ってたよりはうまく行ってるし」

経営状態を案じたのだが、そこは心配無用だったようだ。実際、店は繁盛《はんじょう》していると言っていい。ランチはほぼ毎日完売しているし、カフェタイムも好調だ。後者は主にこの界隈《かいわい》の主婦が常連となっているようだった。

カフェタイムの客は長居する場合が多く、回転はよくないらしいが、そのほうが水貴にはいいらしい。夕食と翌日のランチの仕込みをするのに最適な時間なのだという。

「そう言えば、タウン誌がなにか言ってきたんだって？」

「あー、うん。断ったけど」

藍浜にも数年前からタウン誌が発行されていて、地元の店などが紹介されている。目を付けられるのは当然なのだが、水貴としてはすでに手一杯なので、そのあたりを告げて掲載は断ったようだ。

「これ以上忙しくなってもな」

「うん。お客さんもそのほうがいいだろうし」

客が水貴の店に求めているのは味だけではない。特にカフェタイムの客は、のんびりとした時間を求めている。癒《い》やしなんだと常連客が言っているのを拓也は聞いたことがあった。花の咲く庭を眺めながら、美味《おい》しいお茶とスイーツとおしゃべり、そして見目麗《みめうるわ》しい店主が乾いた心に潤いを与えてくれると。

「パンケーキとワッフル、評判いいんだよ」

「そうか」

「それとトースト系も」

メニューは少しずつだが増えている。ときどき拓也たち住人は試食に付き合わされているが、いまのところ失敗作というものには当たっていない。もちろん試食したものがすべてメニューに加わっているわけではないが、あまりにも水貴がやる気に満ちているので、そのうちモーニングもやり出すんじゃないかと成晃が心配していた。

「食事系のパンケーキも売れてるらしいな」

フルーツやクリームの代わりに、ベーコンや野菜を添えて出すタイプもメニューに入っている。こちらは遅めのランチとして食べる客が多いようだ。

「うん。女の人でも、甘いもの苦手な人っているんだね」

「そりゃな」

「母さんが大好きだから、そういうもんだと思ってた」

水貴にとって最も身近な女性は由布子《ゆうこ》だ。それ以外の女性は、かつてのクラスメイトや客ばかりだという。

その由布子は新天地で充実した生活を送っているそうだ。ときどき地元の野菜や海産物を送って来る彼女は、この夏にも一度戻ってくる予定となっている。滞在は数日だが、水貴はいまから楽しみにしていた。

マザコンだとからかったら、そうだと開き直っていた。

「そろそろ、いいか?」

「え?」

「夜這《よば》いに来たんだよ」

ベッドの上から数枚の紙をどけて、水貴の顔の横に手を突く。水貴は手がないほうへと顔を向けたが、逃げたり抵抗したりというそぶりは見せなかった。

水貴の態度はいまだ初々しい。気持ち的にはまだ恥ずかしさが強くあるようだが、身体《からだ》のほうはもう慣れていて、たやすく落ちてしまう。それがまた可愛《かわい》くてたまらず、拓也の欲望を暴走させた。

好きだと囁《ささや》き、キスを交わす。最初の頃はたどたどしく、されるがままだったのに、いまでは応じようと自分から舌を動かしてくる。到底上手《うま》いとは言えないキスだが、物慣れなさが可愛くて拓也を煽《あお》り立てるのだ。

服を脱がし、纏《まと》うものが一つもなくなった身体を眺める。

いつ見てもきれいな身体だ。男にしては華奢《きゃしゃ》だが貧弱さは感じさせず、薄く筋肉がついていて実にしなやかだ。女のそれとは違う種類のなまめかしさがあった。

「やっぱ白いな」

「どうせインドアだよ」

「昔から白かったろ。俺と一緒に外で遊んでたときからだよ」

水貴の色の白さは母親譲りだ。昔からいくら焼いても赤くなるだけで焼けない子だった。その肌には、いま拓也の付けた痕《あと》が散らばっている。自分の執着の表れのようで苦笑が浮かんだ。

反省も後悔もしていないけれども。

「人前で裸になれねぇな」

「そうだよ。別になる予定ないからいいけど……」

いいのかと拓也は笑った。どうやら服で見えない位置ならばかまわないらしい。寛容な恋人だ。

「じゃあ遠慮なく」

自分で付けた痕を辿《たど》るようにして口づけ、色を濃くしていく。初めて抱いた日から、この痕が消えたことはなかった。

痕を付けたところは水貴が感じるところばかりだから、強く吸ったり舌先で舐《な》めたり突《つつ》いたりするたびに、びくっと小さく跳ねるような反応があった。徐々に息が乱れ、肌が紅潮していく。

おもしろいように感じてくれるものだから、つい興が乗って水貴を泣かしてしまうのだ。執拗《しつよう》に乳首を責めると、水貴は半泣きになって身を捩《よじ》り、甘い声を上げながら悶《もだ》えた。声さえも可愛いから始末に負えない。

夢中になって全身くまなく貪《むさぼ》って、後ろでいきそうになる頃を見計らって身体を繋《つな》ぐ。その後も思うさま喘《あえ》がせて、いかせて、日を跨《また》いで水貴を求めた。

週末のセックスはいつもそうだ。一度や二度では終わらず、水貴が泣いて懇願しても止まらない。本気で水貴が怒ったり拗《す》ねたりすれば別だが、過ぎてしまえば水貴が拓也の行為を咎《とが》めることはないので、つい暴走してしまうのだった。

「瀬戸《せと》が目くじら立てるのも、まぁわからないでもねぇよな」

昨夜のことを思い出し、拓也はしみじみと呟《つぶや》いた。

日曜の昼過ぎなのだが、珍しく錦が家にいた。なんとなくダイニングで顔をあわせ、最初は当たり障《さわ》りのない話をしていたはずなのに、気がつけば水貴の話――それも自分との床事情を語ることになっていた。

別に根掘り葉掘り聞かれたわけでもないし、誘導尋問に引っかかったわけでもない。ようするに拓也は惚気《のろけ》たくて自ら話したのだ。錦は言わば被害者だった。とはいえ、性に対して奔放《ほんぽう》な彼は、大したダメージもなさそうだが。

「それでまだ水貴ちゃん寝てんのー？　どんだけやったわけ」

「俺的に四回」

「水貴ちゃん的にはもっと、ってことねー。そりゃ起きてこないわけだー。話聞いてると、前戯《ぜんぎ》とかも長そうだし」

「まぁな」

「意外とねちっこいセックスすんだねー」

「反応が可愛くて、ついな」

「えー、いいなぁ。俺も水貴ちゃんと……って、嘘《うそ》だってば嘘！　思うけど、無理って知ってるから！」

錦は慌てて言い訳をした。傍若無人《ぼうじゃくぶじん》といった態度だった彼は、実は場の空気は読めていて、必要に応じてちゃんと行動出来る人間だった。そして面倒くさがりなのか争いごとを避けたいのか、長いものには積極的に巻かれようとするのだ。

いまも拓也が無言で冷ややかな視線を送っただけで、この反応だ。曰《いわ》く、あの夜——水貴と錦の関係を誤解した夜の拓也が非常に怖かったそうだ。

「もー、しょうがないじゃん。水貴ちゃんの顔好きだし、中身だっていいと思ってるんだからさ。そんなに嫌なら話さなきゃいいじゃん」

「語りたいもんだろ」

「なんで俺ー？」

「瀬戸に言えるかよ」

「あー……まぁそれはそうか。王子、マジだもんねー。あ、もちろん俺だって俺なりにマジなんだよ？」

「おまえの『マジ』の軽さはすごいよな」

ふざけているわけではないのだ。錦にとって恋愛というのはそういうもので、拓也や成晃のような恋は重くて無理、だそうだ。友人とも身体の関係を持っていられるタイプなので、そういった意味で拓也は錦を警戒していた。ただしデメリットやリスクを重要視する人間でもあるので、いまのところ水貴に手を出す気はないようだ。

「えー普通だよー。でも水貴ちゃんが女の子だったら理想なんだよねー。料理上手いし、顔可愛いし、いろいろ家事とか出来るし」

「やらねぇよ。もう俺のだ」

「ケチー。っていうかさ、ここってセックス禁止じゃなかったのー？　連れ込んじゃダメとか言ってさー」

「やってるのは二階の客間じゃねぇし、誰も連れ込んでねぇだろ」

「屁理屈って言うんだよーそれ。まぁいいけど！　それよりさー、実際問題、男っていろいろ問題ない？　俺も男と寝たりはするけど、いまだけのつもりだもん。就職したらやめるよ」

「そうなのか？」

「うん。そんで将来は普通に結婚する。あんたらは、どうすんのー？」

「なにが」

「これから……っていうか、将来。水貴ちゃん一人っ子だし……」

錦は拓也に視線で問いかける。錦の考え方は常識的と言おうか現実的で、奔放な彼の別の側面を見た気がした。少なくとも現段階で、彼が恋に身を焦《こ》がすことはなさそうだ。

「俺も兄弟姉妹はいねぇよ」

「それヤバいでしょ。絶対そのうち、結婚しろーって言われるじゃん」

「言われねぇよ」

拓也は薄く笑い、錦を見た。挑発的な笑みに見えたのか、錦がムッとしていた。

「なにその自信」

「親父とお袋には話してあるからな」

「は？」

「え？」

声が重なった。拓也はダイニングの入り口に目をやり、啞然《あぜん》としている水貴を見つめた。

彼がこちらに来ていることには気づいていた。

「おはよう」

「……おはよ。ねぇいまの……」

「身体、大丈夫か？」

「っ……そ、そういうことは、いまはいいから！」

錦の存在を気にして水貴の顔は赤くなっていた。二人きりでも事後や翌朝の会話は動揺するので、第三者がいればなおさらだ。

水貴はちらちらと錦を気にしつつ入ってくると、拓也の近くに座った。普段よりも足取りがゆっくりなのは、やはり昨夜の影響だろう。

「さっきの、どういうこと？」

「そのまんまだ。俺は水貴以外考えられねぇし、諦める気もねぇから、認めるか勘当するかしてくれ、って言ったんだよ」

「ちょっ……」

水貴は目を瞠《みは》り、絶句した。脳裏に拓也の両親の顔が浮かび、問題の場面を想像してしまっていた。

錦は小さく「マジか」と呟いていた。

「さすがにすんなり、ってわけにはいかなかったけどな。まぁ最終的には納得してくれたというか、水貴ならしょうがないか……みたいな感じになったというか」

「え？　なんで？　なんで俺だとしょうがないの？」

おろおろしながら水貴はもっともなことを問いかけた。胸のあたりを押さえているのは、それだけ激しく動揺しているからだった。

「ガキの頃から俺の溺愛《できあい》っぷりを見てるからだろ。水貴に惚《ほ》れてる。口説《くど》きに行く……って言ったときも、なんていうか……本当に言い出した、って感じだったな。実際、前から俺の水貴への態度はどうなんだ、って二人とも思ってたらしい」

ただの幼なじみ、あるいは弟分への態度や心遣いではないことを、両親は薄々感じ取っていたようだ。拓也が隠そうとしていなかったのだから当然かもしれなかった。

「それと、実は水貴のお母さんにも話は通した」

「は……？」

「由布子おばさんは、あっさりだったな。水貴をよろしく、って言われた」

「あっ！　まさか、だから鍵……っ」

彼女が自分の所持していたキーを拓也に渡したのは、恋愛関係も含めて水貴を託したということだったのだ。

水貴は言葉もなかった。

「二十年前のあれ、おばさんも覚えてくれててさ。約束通り、嫁にもらってやってくれ、とも言われたな」

「……母さん……いや、あの……俺の意思とか、どこ……」

呟く水貴の視線は遠い。結果的に水貴は拓也を受け入れたが、好きになる前からそんな話になっていたと聞いて複雑な心境なのだ。

その母親が息子の将来を心配していたことは、このまま内緒にしておこう。拓也はひそかに心に決めた。このまま水貴は仕事に明け暮れ、誰とも恋をしないまま、ずっと一人で生きて行くのではないか……と彼女は考えたらしい。もちろん一人でも生きていけるだろうし、そんな人は世間にいくらでもいる。だが拓也という人間に強く望まれているのならば、そのほうがいいだろうと思ったようだ。

「だから心配いらない。両家公認だからな」

「う……あ……」

水貴は耳まで真っ赤だった。身内に知られることは、やはり抵抗が強いらしい。主に羞《しゅう》恥《ち》という点で。

「すぐじゃなくていいから、そのうち俺の親にも会ってやってくれよ」

「……はい」

「うちの親も水貴のことは特別に思ってるんだからさ」

こくりと頷《うなず》く水貴を抱き寄せ、こめかみにキスをする。すると向かいの席から大きな溜め息が聞こえてきた。

そう言えばいたな、と拓也は視線を向ける。

「もう部屋に帰る……なんかもう、好きにしてって感じ」

食傷気味に呟いて錦は自室へ戻っていった。

今度は水貴が溜め息をつく番で、その後呆《あき》れたような、あるいは困ったものを見るような目で拓也を見上げた。

「俺の運命って、生まれる前に決まってたのかな?」

「赤い糸ってやつだろ」

「結んだの、母さんだよね」

「だな」

自然と笑い声が漏《も》れて、水貴は拓也にもたれてくる。見えない糸の代わりに指を搦《から》めるようにして手を繋ぎ、二人は触れるだけのキスをした。

あとがき

可愛らしいお話……を目指してみたんですが、いかがでしたでしょうか。

今作はリンクスさんでの作品とリンクしておりまして、同一世界となっています。とはいえ、主役カップルたちにまったく接点はありません。脇役（こちらではチョイ役、リンクスではわりとメイン）がどちらの作品にも登場しているのと、作中に出てくる企業・長倉地所が話に関わってくるのみですね。

舞台は関東にある架空の町で、モデルは特にないですが、複数の町をミックスさせた感じになってます。

そしてペンション（元）。一応、不動産サイトを巡って、売り出されているペンションとかプチホテルとかの物件写真と間取り図なんかを見ながら書いてました。ちゃんと四部屋バストイレ付でプライベートエリアありの理想の物件があったんですよー。

そんな私がペンションに泊まった経験は三回くらいです。そのうち二回はペットの犬とか猫とかがいて、後者は招き入れると部屋にまで入ってくるので、短時間ですが連れ込んで愛でていたこともありましたなぁ……。

ところで私事なのですが、デビューしてからだいたい二十年ほどたちまして。今回のリンクも、せっかくなので……という流れで決まりました。

いやぁ、もう二十年以上たった……という事実に戦いております。だって全然そんな気がしないんですもの。デビュー云々以前に、ただただ時間の流れが速すぎて……。二十一世紀になったのが、つい最近な気がして仕方ないんですよ、ええ。

これからも可能な限り頑張っていきますので、よろしくお願いします。


カワイチハル先生にはレーベルを跨いでお世話になっております。とても素敵なイラストをありがとうございました。拓也は格好いいし、水貴は可愛いし、全体的に色っぽい！　カバーも美しく描いてくださって嬉しいです。

そして脇を固める二人もたまらんです。特に成晃の表情とかもうすばらしくて！

本の出来上がりを楽しみにしています。


最後になりましたが、ここまでお読みくださってありがとうございました。

そして若干名確認しております、私の本をすべて読んでくださっているという大変ありがたい方々！　本当に本当にありがとうございます。

次回もまたお会い出来ますように。

きたざわ尋子

✦初出　君は僕だけの果実……………書き下ろし
あの日の約束…………………書き下ろし

きたざわ尋子先生、カワイチハル先生へのお便り、本作品に関するご意見、ご感想などは
〒151-0051 東京都渋谷区千駄ヶ谷 4-9-7
幻冬舎コミックス　ルチル文庫「君は僕だけの果実」係まで。

幻冬舎ルチル文庫

君は僕だけの果実

2015年7月20日　第1刷発行

✦著者　きたざわ尋子　きたざわ じんこ

✦発行人　石原正康

✦発行元　株式会社 幻冬舎コミックス
〒151-0051 東京都渋谷区千駄ヶ谷 4-9-7
電話 03(5411)6431［編集］

✦発売元　株式会社 幻冬舎
〒151-0051 東京都渋谷区千駄ヶ谷 4-9-7
電話 03(5411)6222［営業］
振替 00120-8-767643

✦印刷・製本所　中央精版印刷株式会社

✦検印廃止

ISBN978-4-344-83494-1　C0193　Printed in Japan